Die Gute Dame

Alexander Jäger

Die Gute Dame
Roman

Bibliografische Information der Deutschen
Nationalbibliothek: Die Deutsche Nationalbibliothek
verzeichnet diese Publikation in der Deutschen
Nationalbibliografie; detaillierte bibliografische Daten sind
im Internet über dnb.dnb.de abrufbar.

Herstellung und Verlag: BoD – Books on Demand,
Norderstedt

ISBN 978-3-7392-3920-0

Wo der Teufel nicht selbst hin will, schickt er einen Pfaffen oder ein altes Weib.
(russisches Sprichwort)

Erster Teil
Frau Grässlich

I

„Drei Tage", Steffen Waidmann blickte auf die Uhr, „es sind fast auf die Minute drei beschissene Tage!"

Corinna schüttelte sich. „Da bekommt man ja eine Gänsehaut!" murmelte sie, zog den Lamellenvorhang zurück, der das Büro vom eigentlichen Ladengeschäft trennte, und begrüßte mit gespielter Sorglosigkeit den Kunden, der soeben eingetreten war.

Drei Tage. Verdammt, man konnte tatsächlich die Uhr danach stellen, exakt drei Tage nachdem Frau Grässle das kleine Juweliergeschäft verlassen hatte, kam endlich wieder ein Kunde mit Interesse an Schmuckstücken vorbei.

II

„Ja und was machen wir jetzt?"

Corinna hatte diese Frage betont lässig und scheinbar zufällig gestellt während sie sich eine Zigarette anzündete. Sie inhalierte, Steffen jedoch ließ diese Gelegenheit auf eine passende Antwort verstreichen. Schon alleine deshalb, weil ihm momentan absolut nichts mehr einfiel.

„Ich meine, so was kann doch eigentlich gar nicht sein! Stell dir doch mal vor: w*haaa*! Wir werden verflucht!" Sie lachte bei ihrer theatralischen Grimasse und auch Steffen grinste.

„Hast ja recht Schatz, das wäre eher ein Fall für einen King-Roman und wir sind hier nicht in Castle Rock. Aber trotzdem..." Steffen saß auf der Schreibtischkante und spielte mit dem Gedanken, sich auch eine Zigarette anzuzünden. Aber er rauchte momentan sowieso schon zuviel. Seiner Meinung nach hatte er auch Grund dazu.

„Als wäre es in letzter Zeit nicht schwer genug", stellte er mit leichter Verbitterung fest. „So ein Fluch von einer alten Trulla wäre da gewissermaßen das Sahnehäubchen obendrauf."

„Huh, demnächst kommt sie noch rein und murmelt was von *dünner*...", kicherte Corinna.

„Jaja, lach' du nur. Aber sieh dir dabei bitte auch die Faktenlage an. Drei Tage. Jedes Mal wenn diese blöde Kuh hier ihren Sermon abgeladen hat sitzen wir drei Tage wie die Deppen hier rum ohne dass auch nur ein Mensch diesen Laden betritt."

„Ich sitze rum." korrigierte ihn Corinna. „Du kannst wenigstens in der Werkstatt arbeiten."

Wenn es so einfach wäre! Er hatte das bisher vor Corinna verheimlicht, aber seit einiger Zeit brachte er in der Werkstatt bestenfalls kleine Reparaturen zuwege. Als Schmuckdesigner hingegen litt er unter dem Äquivalent zu einer Schreibblockade.

„In Ordnung, *du* sitzt herum."

„Untersteh' dich, *wie ein Idiot* hinzuzufügen." funkelte Corinna ihn grinsend an.

„Jetzt hast du mir die Worte sowieso schon aus dem Mund genommen." Corinna knuffte ihn und beide lachten.

„Aber irgendwie gruselig ist die Sache schon…" fügte Corinna anschließend hinzu.

„Gruselig sind nur die Auswirkungen auf unsere Einnahmen. Drei Tage ohne Kundschaft sind ja schön und gut, da könnte man meinetwegen ein verlängertes Wochenende oder einen Kurzurlaub draus machen, aber die Alte kommt inzwischen ja praktisch jede Woche hier reingeschneit. Wenn ich mir vorstelle, wie hoch der Verlust deswegen inzwischen ist, wird mir ganz anders." Steffen zündete sich nun doch eine Marlboro an.

„Vielleicht ist einfach momentan Flaute, Sommerloch, oder die Leute kaufen aus irgendwelchen anderen Gründen zurzeit keinen Schmuck. Vielleicht ist Frau Grässle einfach nur eine nervige alte Witwe, die keiner Fliege was zu Leide tut und wir machen uns hier wegen der Wirtschaftslage verrückt?" Corinna stieß nachdenklich den Rauch aus und drückte ihre Kippe im Aschenbecher aus.

„Okay, das ist ein Argument. Aber warum bleiben dann sogar diejenigen weg, die Altgold zu verkaufen haben? Nichtmal der Postbote verirrt sich in diesen verflixten drei Tagen hier herein!" Tatsächlich hatte der Postbote vor einiger Zeit ein Päckchen bei der Weinhandlung gegenüber abgegeben obwohl der Laden geöffnet war.

„Damit wären wir wieder bei meiner Frage von

vorhin", bemerkte Corinna etwas kleinlaut. „Was machen wir denn jetzt?"

III

Mit dieser bangen Frage lassen wir das Ehepaar Waidmann einmal kurz alleine.

Fährt man von Stuttgart aus ostwärts folgt die B29 zunächst dem malerischen Remstal mit seinen Bergen, in denen der beliebte württembergische Wein angebaut wird, und das aufgrund der abwechslungsreichen Landschaft auch für Wanderer attraktiv ist, bis man schließlich nach einer guten Stunde den Ostalbkreis erreicht. Hier geht es vorbei an Lorch mit seiner historischen Klosteranlage in der Königin Irene von Byzanz, die Frau des Staufers Philipp von Schwaben, begraben liegt.
Das Schicksal des mittelalterlichen Traumpaars Irene und Philipp soll uns an dieser Stelle aber nicht weiter interessieren, darum lassen wir Lorch hinter uns, folgen weiter der Rems und genießen den Blick auf die drei Kaiserberge Hohenstaufen, Stuifen und Rechberg. Wo auf dem Hohenstaufen nur noch einige Grundmauern zu besichtigen sind ist vor allem die Ruine auf dem Rechberg ein beliebtes Ausflugsziel und nebenbei für den Historiker von Interesse, da sich anhand der unterschiedlichen Baustile ein geschichtlicher Kurzabriss der Entwicklung mittelalterlichen Burgenbaus ablesen lässt. Um den Leser aber

nicht mit weitschweifigen Ausführungen über Quader mit und ohne Zangenloch zu behelligen verzichten wir auch auf den Besuch dieser Sehenswürdigkeit, denn das Ziel unserer Reise ist die ein wenig verschlafene Kreisstadt Behlen.

Doch auch hier kommt man am Fach Geschichte nicht vorbei, denn Behlen atmet nicht nur den Geist der in dieser Region nahezu allgegenwärtigen Stauferzeit – gelegen am Limes kann Behlen nämlich sogar von sich behaupten, aus einer römischen Siedlung hervorgegangen zu sein. Wenngleich nicht verschwiegen sein soll, dass der Name Behlen den Historikern bis heute als nicht zu knackende etymologische Nuss so manches Rätsel aufgibt.

Dominiert wird Behlen von einer alten gotischen Kathedrale im Stadtkern, die traurigerweise nach der Reformation in bester Bilderstürmermanier von sämtlichem Zierat befreit wurde, damit die bis heute größtenteils protestantische Bevölkerung ohne profane Ablenkungen dem nüchternen Wortgottesdienst lauschen konnte. Und nüchtern (um nicht zu sagen langweilig) sind die Predigten dort bis heute, was sich auch auf die Zahl der eifrigen Kirchenbesucher ausgewirkt hat. Daran hat bisher auch der bemühte Versuch des gegenwärtigen Pastors Heilig, die Predigt mit zeitgenössischen Anspielungen und ein wenig dem Zeitgeist entsprechendem links-grünem Gedankengut aufzupeppen, nur wenig geändert.

Abgesehen von einigen Stücken der ehemaligen Stadtmauer und den Überresten eines

Schalenturms präsentiert sich der Stadtkern allerdings eher modern, da im Dreißigjährigen Krieg der Großteil der Stadt unter ungeklärten Umständen niederbrannte, so dass das älteste Haus der Stadt um 1650 datiert.

Dieses kleine, inzwischen ein wenig wackelig und zwischen den umstehenden modernen Ladengeschäften eher unscheinbar wirkende Fachwerkhäuschen steht etwas abseits der Kathedrale in der Mittelbachgasse und ist mit einer Korbmarkise verziert, auf der in schwungvollen Lettern „Juwelier Waidmann" steht.

IV

Für die Waidmanns sollte dieses kleine Juweliergeschäft ursprünglich einmal das große Glück werden. Steffen hatte jahrelang in Köln und Stuttgart für einige namhafte Firmen als Juwelenfasser, Goldschmied und Designer gearbeitet und mehrere Auszeichnungen erhalten, unter anderem den Diamonds International Award.
So verwundert es nicht, dass er zunächst heimlich, dann offen davon träumte, sich selbständig zu machen, als sein eigener Herr ein Atelier oder einen Laden zu betreiben und die Preise und Auszeichnungen für sich selbst und nicht für eine Firma zu erhalten.
Corinna, anfangs skeptisch, war diese Idee nach

und nach auch immer sympathischer geworden. Als ausgebildete Bürokauffrau konnte sie Buchhaltung und Verkauf übernehmen während Steffen sich in der Werkstatt austobte. So wären sie tagsüber auch am Arbeitsplatz nicht voneinander getrennt und trotzdem hätte jeder von ihnen seinen klaren Zuständigkeitsbereich. Das klang geradezu perfekt.

Doch nicht in allen Ohren. Für manche Menschen klang es sogar eher atonal. Insbesondere Corinnas Vater empfand die Zukunftspläne seiner Tochter und seines Schwiegersohnes als die reinste Kakophonie.
„Ihr seid doch verrückt! Selbständigkeit! In diesen Zeiten!" brummte er und legte die Sonntagszeitung beiseite. „Wie stellt ihr euch das überhaupt vor?"
Corinna hatte mit einer solchen Reaktion bereits gerechnet. So lieb sie ihren Vater hatte, Herr Kölling war deutscher Beamter mit Leib und Seele und von Begriffen wie Kreativität oder gar Selbständigkeit in geistiger Hinsicht um Lichtjahre entfernt. Außerdem war er ein furchtbarer Pedant. So gehörte es beispielsweise zu seinem festen sonntäglichen Ritual, sich nach dem Frühstück – Drei-Minuten-Ei (exakt drei Minuten! Herr Kölling war einer der wenigen Menschen, die bereits Abweichungen im Zehntelsekundenbereich am Geschmack feststellen konnten), Kaffee schwarz, Vollkornbrot mit einem Minimum an Margarine,

die er beim Streichen geradezu in das Brot hineinpresste – der Zeitungslektüre zu widmen und sich durch nichts und niemanden dabei stören zu lassen. Insofern war es geradezu bemerkenswert, dass er nicht nur aufhorchte, als Corinna ihrer Mutter von Steffens Zukunftsplänen berichtete, sondern das Blatt sogar weglegte obwohl er noch mitten im Feuilleton steckte.

„Ach, Papa! Sei doch nicht immer so pessimistisch! Du weißt doch auch, dass Steffen inzwischen mehrfach ausgezeichnet wurde. Das wäre doch eine Schande, wenn er als Angestellter in einer Firma versauert." versuchte Corinna zu beschwichtigen.

„Ich bin kein Pessimist, sondern Realist." stellte Herr Kölling streng fest. Außerdem erhob er den Zeigefinger, was bedeutete, dass er einen längeren Vortrag zu halten gedachte. Corinna stöhnte innerlich auf, wäre sie doch besser zuhause geblieben anstatt am hellen Sonntagmorgen schnurstracks zu ihren Eltern zu marschieren! Aber Steffen hatte ihr am Vorabend auf einer Immobilien-Homepage Fotos eines in Frage kommenden kleinen Ladens gezeigt und in ihrer Begeisterung und Freude wollte sie so gerne persönlich ihre Eltern über die bevorstehenden Veränderungen informieren, sonst wäre sie vermutlich geplatzt.

„Hör mal, ich habe hier Fotos auf dem Handy…", versuchte sie ein klein wenig zu zaghaft, die Situation zu retten, doch ihr Vater ließ sich nicht beirren.

„Selbständigkeit!" referierte er. „Das bedeutet: volles Risiko. In Krisenzeiten haftet ihr für alles selbst. Angenommen ihr werdet krank. Da gibt es dann keine Lohnfortzahlung, stattdessen bleibt der Laden zu. Ihr müsst alle Kosten, die auf euch zukommen selbst erwirtschaften, Miete, Sozialversicherung, Kammerbeiträge, Rundfunkgebühren, all das ist auch dann fällig wenn das Geschäft mal nicht so gut läuft. So seid ihr dann nullkommanichts hoch verschuldet, könnt den Laden wieder dichtmachen und eine eidesstattliche Versicherung ablegen. Damit seid ihr dann auf dreißig Jahre, also bis zum Rentenalter, erledigt. Und eure Rente wird so gering ausfallen, dass ihr vom Lebensabend auch nicht mehr viel haben werdet."

„Heiliger Jesus! Du siehst uns ja schon im Armenhaus!" protestierte Corinna.

„Das ist kein Grund zu fluchen!" Herr Kölling hatte noch immer den Zeigefinger erhoben und seine Frau hatte es inzwischen eilig, ziellos Geschirr von a nach b in der geräumigen Küche herumzumanövrieren.

„Selbständigkeit! Und dann auch noch in der Schmuckbranche! Das ist doch ein viel zu unbeständiger Markt. Du weißt doch sicher noch, welche Bedenken ich bereits bei eurer Hochzeit hatte?"

Oh ja, das wusste sie noch zu gut! Der Eklat nach der standesamtlichen Trauung, als ihr Vater beim gemeinsamen Mittagessen statt eine nette Rede zu halten die Schwankungen des Goldpreises seit den fünfziger Jahren darlegte, diverse Statistiken und Prognosen über die Schmuckbranche aufbereitete und schließlich mehrere insolvente Firmen aufzählte. Sie war heute noch froh, dass nur eine handvoll Verwandte und Freunde eingeladen waren und auch, dass Steffens Vater diese peinliche Szene mit einem schwäbisch-kräftigen „Druff gschissa, wann gibt's Kuacha?" beendete. Was in der Folge dazu führte, dass Herr Kölling mit „diesem Proletarier" kein Wort mehr wechselte.

„… womit wir beim nächsten Punkt wären: dein Mann ist schon aufgrund seiner Herkunft als selbständiger Unternehmer denkbar ungeeignet." Corinna ertappte sich dabei, dass sie gar nicht mehr zugehört hatte. Blah, blah, blah, Steffen hier und Steffen da, scheinbar hatte sich ihr Vater in den Wochen seit ihrer Hochzeit in einen regelrechten Hass auf ihren Mann hineingesteigert.

„Als Sohn eines trunksüchtigen schwäbischen Tölpels muss er ja schon froh sein, sich aus dem Proletariat in die Gefilde ehrbarer Handwerksarbeit hervorgearbeitet und sogar in unsere Familie eingeheiratet zu haben. Wobei mir immer noch nicht ganz klar ist, warum du einen so korrekten Jungen wie Andreas…"

Andreas?

Das war ja wohl die Höhe! Hatte ihr Vater da tatsächlich Andreas mit ins Spiel gebracht? So langsam glaubte Corinna, sich im falschen Film zu befinden. Dass ihr Vater Bedenken anmelden würde hatte sie vorhergesehen. Auch, dass er *große* Bedenken äußern und schlimmstenfalls ein wenig ungehalten reagieren würde hatte sie sich bereits gedacht. Aber trotz allem hatte sie ihn bisher für einen zwar etwas schrulligen, auch etwas rechthaberischen, letzten Endes aber vernünftigen Mann gehalten.

„Was bitteschön hat Andreas denn damit zu tun, dass ich mit Steffen einen Laden eröffne?" fragte sie mit inzwischen deutlich angesäuertem Tonfall. Das Gespräch entwickelte sich hier in eine Richtung, die ihr überhaupt nicht gefiel. Der Gedanke, dass sie ihrem Vater die Sache schon irgendwie schmackhaft machen würde wenn er erstmal seinen Unmut kundgetan hatte, kam ihr plötzlich überaus töricht vor.

„Eine ganze Menge, mein Kind!" *Mein Kind*, Himmel, das hatte er ja seit Jahren nicht mehr zu ihr gesagt, zuletzt so ungefähr mit vierzehn als ihre Mutter eine Schachtel Zigaretten in ihrem Zimmer gefunden hatte und es beim Abendbrot ein Donnerwetter gab.

„Andreas ist studierter Finanzbeamter im höheren Dienst." stellte Herr Kölling geradezu triumphierend fest.

„Der Kerl wohnt noch bei seinen Eltern." konterte Corinna. Meine Güte, sie war ein paar Mal mit ihm ausgegangen, er hatte sich als Depp entpuppt und damit war der Fall für sie erledigt gewesen. Ihren Vater musste gerade der Hafer stechen!

„Falsch! Andreas baut gerade. Und ihr lebt in einer Mietwohnung."

Das war's. Treffer! Versenkt!

Die Weltsicht ihres Vaters auf den Punkt gebracht: wer kein Haus hat taugt nichts.

„Oh, dann ist er ja ein echter Erfolgsmensch!" spottete Corinna böse. „Ich kann mir schon vorstellen, wie das Haus von diesem Kleingeist aussieht wenn es fertig ist."

Das konnte sie übrigens tatsächlich sehr lebhaft. Andreas gehörte zu der Sorte Mensch, die beispielsweise auf dem Fußboden die billigste (und damit war die in umfangreicher Internetrecherche ermittelte *allerbilligste* gemeint) Laminatsorte verlegten. Also genau die Sorte, die beim kleinsten ins Schuhsohlenprofil verirrten Sandkorn hoffnungslos zerkratzte, was dann zu der absurden Situation führte, dass man diesen Billigbodenbelag auch noch wie seinen Augapfel hütete, hegte und pflegte und sein Lebtag damit zubrachte, einen ausgemachten Scheißdreck von einem Boden zu schonen. Vor ihrem geistigen Auge sah sie Andreas so vor sich, wie er seinen Gästen diese klobigen Pantoffeln aufnötigte, die man in manchen alten Schlössern tragen musste um das edle Parkett nicht zu beschädigen. Wäre sie nicht so wütend gewesen hätte sie vermutlich angefangen zu kichern bei dieser Vorstellung.

„Im Übrigen verdient Steffen ganz gut und wir haben in der letzten Zeit einiges auf die hohe Kante gelegt. Du redest ja daher als wären wir

Sozialfälle und einzig Sankt Andreas hätte alles richtig gemacht."

Ein letztes Mal versuchte sie es mit Diplomatie: „Mensch Papa, Steffen ist mein Mann, ein eigener Laden ist sein großer Traum. Ich war ja am Anfang auch eher misstrauisch bei der Sache…"

„Und das zu Recht!" unterbrach er sie energisch. „Ich werde nicht akzeptieren, dass meine Tochter leichtfertig ihr Leben wegwirft! Du solltest dich scheiden lassen!"

Vor Corinnas geistigem Auge leuchteten in knallroter Farbe die drei Buchstaben WTF sowie ein dickes Fragezeichen auf. Das war nicht nur ein dickes, fettes WTF? Das war geradezu ein *whatthegoddamnmotherfuckingfuckshitfuck?*

Und zwar mit so vielen Fragezeichen, dass jede Tastatur den Geist aufgeben würde. Ihr kippte die Kinnlade herunter. *Scheiden lassen*? Hatte ihr Vater den Verstand verloren?

„Bist du besoffen?" war alles, was ihr tonlos über die Lippen kam.

„Wie bitte?" fuhr Herr Kölling empört auf.

Corinna blieb ruhig. „Für die Schwerhörigen zum Mitschreiben: bist du besoffen, du verkackter Spießer?"

Tief in ihrem Inneren schmerzten diese Worte, aber anscheinend war es Zeit, mit ihrem alten Vater einmal Tacheles zu reden. Die Beleidigung verfehlte ihre Wirkung nicht, mit hochrotem Kopf und zitternden Lippen verstummte Herr Kölling. Vermutlich nahm er sie in diesem Moment zum ersten Mal in seinem Leben nicht als *mein Kind* sondern als erwachsenen Gesprächspartner wahr.

„Ich bin nicht hierhergekommen, um wie ein kleines Kind um Erlaubnis zu fragen. Nicht um mich hier von dir abkanzeln zu lassen und erst recht nicht, um mir nach knapp drei Monaten Ehe eine Scheidung aufzwingen zu lassen. Steffen und ich haben einen Entschluss gefasst. Diesen habe ich dir nun mitgeteilt."

„Verlass' sofort mein Haus!" schnaubte Herr Kölling.

Corinna nickte nur. Sie konnte förmlich spüren, dass an diesem Tag etwas irreparabel zerbrochen war. Beim Hinausgehen sagte sie zu ihrer Mutter „Ruf an wenn er wieder bei Verstand ist!"

Im Wagen weinte sie.

Ihre Mutter rief nicht an.

Dafür rief die Immobiliengesellschaft Hägele zurück, nachdem Steffen dort eine Nachricht auf dem Anrufbeantworter hinterlassen hatte und einige Tage darauf stand Corinna zum ersten Mal auf schwäbischem Boden um ein Ladengeschäft zu besichtigen.

Im Gegensatz zu Steffen stammte sie nämlich ursprünglich aus Norddeutschland und ihre Skepsis rührte weniger aus diffusen Zukunftsängsten sondern schlicht aus der Tatsache, dass ihr das schwäbische Umfeld nicht so ganz geheuer war. Das fing schon beim Dialekt an. Bei Steffen und seinem Vater klang

20

das super, irgendwie witzig, vor allem wenn sie versuchten, Hochdeutsch zu sprechen. Denn Eigenheiten wie *der* Radio oder *der* Butter ließen sich ebenso wenig ablegen wie die teils merkwürdigen Silbenbetonungen. Sie selbst hatte jedenfalls mehrfach erfolglos versucht, die Endung des Wortes „Spätzle" nachzuahmen und fragte sich manchmal, welchen Knoten man als gebürtiger Schwabe wohl im Gaumen oder den Stimmbändern haben musste. Wobei sie zugeben musste, dass einige ostdeutsche Mundarten noch gutturaler klangen.

Noch größere Sorgen machte ihr aber die Tatsache, dass Behlen eine eher ländlich geprägte Stadt war, wohingegen sie von klein auf an die eher unpersönliche Anonymität der Großstadt gewöhnt war. Die Aussicht darauf, inmitten der Einheimischen wie ein Fremdkörper zu wirken, verursachte jedenfalls ein flaues Gefühl im Magen.

Den letzten Punkt – die Trennung von ihren in Köln lebenden Eltern – hingegen hatte ihr Vater ja relativ eindeutig geklärt. Er hatte sie zutiefst beleidigt und zuletzt sogar rausgeworfen. Es herrschte Funkstille und *sie* würde gewiss nicht den ersten Schritt zu einer Versöhnung unternehmen. Dazu war diese Schnapsidee mit der Scheidung einfach zu ungeheuerlich gewesen. Außerdem, *Fremdkörper* könnte man ja grob ins Englische übersetzen. *Alien* klang doch ganz wie ihr Lieblingsfilm – sollte ihr einer von diesen Schwabenseggeln dumm kommen würde sie ihn einfach auffressen.

„Und, was sagst du?" fragte Steffen.
Er stocherte ein wenig nachdenklich mit der
Gabel in einer Portion Spaghetti herum. „Klar ist
der Laden nicht der größte und ich schätze, dass
wir die Wände begradigen lassen müssen, so alt
wie das Haus ist, aber wenn du dabei bist…"
Er wusste, dass sie irgendetwas bedrückte,
wenngleich sie ihm die Szene im Haus ihrer
Eltern nur andeutungsweise geschildert hatte.
Allem Anschein nach musste es jedoch ziemlich
heftig gewesen sein. Während der Besichtigung
des zwar in der Tat nicht sonderlich großen
Altbaus in der Mittelbachgasse war sie verdächtig
still gewesen und er konnte nur zu gut verstehen,
was sie beschäftigte. Ihm selbst war der Abschied
von seinen Eltern auch nicht leicht gefallen als er
sich für einen Arbeitgeber in Köln entschieden
hatte. Für ihn wäre der Umzug nach Behlen
gewissermaßen eine Art Heimkehr ins Ländle,
auch wenn seine Familie in Bad Cannstadt nicht
gerade um die Ecke wohnte, aber für Corinna
stellte dieses Unternehmen einen gewaltigen
Schritt in eine völlig neue Situation dar.
Außerdem bedeutete es, dass sie ihren Beruf an
den Nagel hängen würde, so dass der Laden
letztlich zwei Einkommen tragen müsste.
Niemals würde er ohne ihre ausdrückliche
Zustimmung ein solches Risiko eingehen, und
wenn es an der Entfernung lag, nun, es gab sicher
auch anderswo ein geeignetes Mietobjekt.

„Naja, rund vierhundert Kilometer sind schon ziemlich weit weg von daheim." stellte sie fest und ließ zwei Penne Rigate in ihrem hübschen Mund verschwinden.

„Wem sagst du das? Der finstere schwäbische Pirat entführt die Holde Maid aus dem Serail." witzelte Steffen.

„Nanana, entführen lasse ich mich nur von Jack Sparrow", kicherte Corinna. Dann fügte sie ernst hinzu: „Mit meinem Mann hingegen gehe ich überall hin. Notfalls auch dorthin wo man Spätzle isst." Erneut begann sie zu kichern. „Solange er nicht von mir erwartet, dass ich das korrekt ausspreche jedenfalls."

Nachdem das geklärt war ging es ans Eingemachte. Finanzpläne wurden erstellt, ein kleiner Kredit aufgenommen, Kontakte zu einigen Lieferanten geknüpft, Handwerker beauftragt, Resturlaub genommen und schließlich Verträge, Gewerbeanmeldungen und manch anderes wichtiges Schriftstück unterzeichnet. Um eine Begradigung der Wände durch nachträglich eingezogene Gipsplatten kamen die Waidmanns ebenso wenig herum wie um einige andere Verschönerungsmaßnahmen, allerdings verlief alles genau wie kalkuliert. Weder explodierten die Kosten noch kam es zu sonstigen unangenehmen Vorkommnissen, im Gegenteil erklärte sich sogar einer der Lieferanten bereit, eine überaus große Schmuckkollektion als Kommissionsware zur Verfügung zu stellen.

Lediglich Corinnas Eltern hatten jeglichen Kontakt abgebrochen, was die Unternehmensgründung gewissermaßen ebenfalls erleichterte, da es auf diese Weise nicht zu tränenrührigen Abschiedsszenen kam.

So kam es dann, dass nach einigen überaus betriebsamen Wochen schließlich im Schaufenster des Häuschens in der Mittelbachgasse ein handgemaltes Schild in Steffens schwungvoller Schrift die „NEUERÖFFNUNG" verkündete.

V

„Ich hätte gerne ein Omelette."
„Wir haben heute für jeden Kunden ein Glas Prosecco, zum Essen kann ich Ihnen leider nichts anbieten." Corinna reichte der kleinen, kugelrunden Frau mit der Nickelbrille eines der Sektgläser, die zum Empfang der neuen Kunden und zur Feier des Tages bereitstanden.
„Danke schön, aber ich hätte gerne ein Omelette!" antwortete die Frau bestimmt.
Corinna zog eine Augenbraue hoch. Sie hatten hier doch keinen Gastronomiebetrieb!
„Ich schätze, wir hätten wirklich noch einen Cateringdienst bestellen sollen", seufzte sie, „dann hätten wir wenigstens Lachshäppchen oder etwas in der Art."
„Was soll ich mit Lachshäppchen, ich suche ein Omelette!", protestierte die Frau, stellte das

unberührte Sektglas wieder auf den Tresen und kugelte aus dem Laden. *Na großartig!* dachte Corinna, *die erste Kundin und dann so was.*

„Na die sah ja nicht besonders zufrieden aus", witzelte Steffen, der im Nebenraum telefonisch einen Termin mit dem neuen Steuerberater vereinbart hatte.

„Die wollte ein Omelette."

Steffen prustete los. „Dann war sie vom Härzfeld."

VI

In den ersten Jahren verlief im Wesentlichen alles nach Plan. Wie Steffen angenommen hatte, war vor allem die Vorweihnachtszeit am umsatzstärksten. So stark sogar, dass sie phasenweise einen zweiten Goldschmied beschäftigten und in den Dezemberwochen auch im Laden eine Hilfskraft benötigten. Doch auch das restliche Jahr über brummte der Laden zwar nicht gerade, ermöglichte aber die gewissenhafte und pünktliche Zahlung der anfallenden Rechnungen.

Besonders schön und ein echter Glückfall war außerdem das harmonische Zusammenspiel von Steffen und Corinna, die beiden ergänzten sich bei der Arbeit noch besser als sie ursprünglich zu hoffen gewagt hatten.

Es verlangte auch niemand mehr ein Omelette.

Was nun wie das Happyend einer Erfolgsstory

klingt ist allerdings leider erst der Auftakt zu etwas anderem.

Die ersten Wolken am Horizont zeigten sich ja bereits in der Vorbereitungsphase, und trotz einiger verhaltener Anrufe von Corinnas Mutter herrschte nach wie vor ein eher eisiges Klima zwischen den Köllings und Corinna, das keine der beteiligten Seiten auch nur anzutauen gewillt war. Ein Besuch in Behlen oder ein kleiner Wochenendtrip der Waidmanns nach Köln war jedenfalls angesichts derartig verhärteter Fronten noch nicht einmal angedacht.

Stattdessen meldete sich der Steuerberater mit einer eher unerfreulichen Nachricht.

„Ich habe die Steuererklärungen für die letzten beiden Jahre fertiggemacht." (Durch den Telefonhörer klang das eher wie „Ick hab det Zeugs etzt hier zu liejen.")

„Hat ja auch lange genug gedauert. Ich hoffe nur, was ewig währt wird endlich gut?" witzelte Steffen.

Herr Schmidt, ein mit allen Wassern gewaschener ehemaliger Steuerfahnder, der nach der Pensionierung gewissermaßen die Fronten gewechselt hatte, war als Steuerberater ein echter Glücksgriff. Seine Tipps und Tricks in der Anfangsphase hatten Steffen einige Scherereien und auch viele typische Anfängerfehler erspart. Außerdem war der Mann trotz seines insgesamt ein wenig schmuddelig wirkenden Äußeren überaus korrekt. Wenn auch, das sei zugegeben, ein wenig langsam. Die erste Steuererklärung war jedenfalls erst nach mehrfachen Anfragen und Mahnungen seitens des Finanzamts fertig, Nummer zwei und drei nun gleichzeitig (und selbstverständlich mit gehöriger Verspätung, denn Steffen lag bereits die höfliche Erinnerung zur Abgabe der Steuererklärung für das vierte Geschäftsjahr vor).

„Sitze jut?" nuschelte es am anderen Ende der Leitung.

Steffen saß nicht gut. Und nach der Verkündigung der fälligen Nachzahlung sowie der in Zukunft anfallenden Vorauszahlungen zu Einkommens- und Gewerbesteuer war ihm auch nicht mehr gut.

„Haben wir die letzten Jahre so gut verdient?" fragte er ungläubig. Klar konnten sie sich ein wenig Luxus erlauben, wie beispielsweise den Mercedes (der allerdings nur geleast war), oder ab und an einen kleinen Kurzurlaub in den Bergen. Aber sie zahlten noch immer den Kredit ab und mieden das Thema „Nachwuchs und Familienplanung" mit Blick auf das Sparkonto sehr sorgfältig.

„Nä, so jut eijentlich nich." Schmidt erklärte ihm irgendetwas von Ober- und Untergrenzen, die allem Anschein nach knapp überschritten waren. Fachchinesisch (und Berlinerisch) abgerechnet sah es so aus, dass sie wegen lumpigen vierzehnhundert Euro zuviel Gewinn nun zur Kasse gebeten wurden wie die Großen.

„Na so ein Dreck! Da wäre ich ja besser dran

gewesen wenn ich einfach den Laden eine Woche dichtgemacht hätte!"

„So sieht's aus." nuschelte es aus dem Hörer.

„Kann man eben nich vorhersehen…"

Da war sich Steffen nicht so sicher. Immerhin hatte Schmidt praktisch ständigen Zugriff auf die Buchhaltung, im Zeitalter der E-Mail war es ja ein Leichtes, die im Buchhaltungsprogramm gespeicherten Daten hin- und herzuschicken. Vielleicht hätte sich Schmidt einfach nur gelegentlich die Monatsabschlüsse genauer ansehen sollen.

Nun war das Kind wohl in den Brunnen gefallen.

„Naja, was soll's!" seufzte Steffen. „Das werden wir schon schaukeln…"

Eine Annahme, die unter normalen Umständen gar nicht so abwegig gewesen wäre.

Doch, Vorhang auf! Manege frei! Hochverehrtes Publikum, wir präsentieren: Frau Grässle! (Etwas Beifall wäre an dieser Stelle wünschenswert).

Kaum hatte Steffen den Hörer aufgelegt und sich sorgenvoll am Kinn gekratzt ertönte das fröhliche Gebimmel der Ladenglocke und die arglose Corinna, die gerade eine der Vitrinen etwas umsortierte wurde zum ersten Mal in ihrem Leben mit der wahren Bedeutung des Begriffs „Wortschwall" vertraut gemacht.

„Grüß Gott! Heidenei isch des aber a schener Lada!"

Ausgesprochen wurden diese Laute des

Entzückens mit einer einen kleinen Tick zu schrillen Stimme, ein zwar nicht aktiv unangenehmer Klang, aber ein Organ, das einem nach mehr als einem kurzen Gespräch gewaltig auf den Zeiger gehen konnte.

„Guten Tag!" antwortete Corinna freundlich. „Was kann ich für sie tun?"

(Anmerkung: Im Weiteren ist die wörtliche Rede von Frau Grässle und anderen schwäbischen Charakteren aus Gründen der allgemeinen Verständlichkeit schriftsprachlich wiedergegeben).

„Sie, ich muss Ihnen was erzählen! Gerade komme ich vom Doktor wegen meiner Hüfte. Seit mein Mann selig endlich selig ist habe wenigstens einmal Zeit, danach schauen zu lassen. Wissen Sie, der Doktor Dengler, das ist ja so ein feiner Mann. Ein wirklich feiner Mann! Aber seine Frau, ich sage Ihnen was, die hat ja keine Ahnung! Ich habe der erzählt, dass ich am Wochenende einen Kirschenauflauf mache und was sagt die? Na?"

„-"

„Richtig! Dass die Schattenmorellen aus dem Glas so lecker schmecken! Stellen Sie sich das mal vor. Als ob ich Schattenmorellen kaufen würde! Ich habe nämlich einen Kirschbaum im Garten, und genau das habe ich ihr dann auch gesagt. Merken Sie was? Das bin ich!"

„Aha!"

„Essen Sie auch gerne Kirschenauflauf?" (Keine Chance auf eine Antwort) „Schon alleine die Frisur von Frau Dengler! Aber der Herr Doktor, das ist ein Arzt! Als mein Mann selig noch nicht selig war hat er sich mal mit dem Hammer auf den Daumen – ich sag Ihnen was! Die Frau Dengler geht sicher zum Friseur Schelpsky, dem würde ich nicht einmal meinen Hund anvertrauen. Ich habe zwar keinen Hund, aber ich bin ja soo tierlieb. Stellen Sie sich vor, mein Nachbar, der hat eine Katze und was mache ich?"

„Ähm…"

„Jeden Tag stelle ich eine Schale Milch vor die Tür! Merken Sie was? Das bin ich!"

Corinna ergriff die günstige Gelegenheit dieser Gesprächspause (wobei man von einem Gespräch im klassischen Sinne ja gar nicht sprechen konnte, denn hier sprach nur eine).

„Sie dürfen sich gerne ein wenig…" *umsehen* wollte Corinna noch sagen, doch da fuhr Frau Grässle schon in ihren Ausführungen fort.

In der Folge erfuhr Corinna so mancherlei fragmentarisches Kochrezept (Kirschenauflauf, Sauerbraten, Knödel, Schupfnudeln, fehlte eigentlich nur noch Omelette), Bruchstücke völlig nutzloser Binsenweisheiten sowie einen höchst lückenhaften Lebenslauf. Die Frau hieß demnach Grässle, schien irgendwo auf einem Bauernhof in der Pampa zu wohnen, hatte einen verstorbenen Mann der zu Lebzeiten wohl eher als Unsympath zu bezeichnen war, etc. pp.

Als sich Frau Grässle nach einer gefühlten

Ewigkeit verabschiedete wusste Corinna jedenfalls Dieses und Jenes, nur nichts Gescheites. Und sie hatte vor allem eines gemerkt: *Des ben i!*

„Heiliger Vater! Was hattest du denn da gerade im Laden?" meldete sich Steffen aus dem durch einen Lamellenvorhang vom Verkaufsraum abgetrennten Büro.
„Das frage ich mich gerade auch." antwortete Corinna ratlos.

Da Frau Grässle nun wieder weg ist haben wir endlich auch ein wenig Muße für eine genauere Beschreibung. Zwischen Schattenmorellen, der Frisur von Frau Dengler und der Frage „Merken Sie was?" (*Des ben i!*) blitzte jedenfalls im Wesentlichen ein Gedanke durch Corinnas Hirn, und der war „Hänsel und Gretel".
Wobei das der Sache nicht ganz gerecht wurde, denn natürlich hatte Frau Grässle keinen Buckel mit einer schwarzen Katze darauf, keine Warzen und auch keine ausgeprägte Hakennase, oder was man sonst so mit Lebkuchenhäusern assoziierte. Die Größe dieser redseligen Frau in ihrem ein wenig altbackenen Kleid im Landhausstil war hingegen ebenso schwer einzuschätzen wie ihr Alter, da sie aufgrund ihrer Hüftprobleme (oder vom vielen Kirschenauflauf oder weil sich ihr Mann selig damals mit dem Hammer auf die Hand…) stark vornübergebeugt auf einen Spazierstock gestützt ging, so dass die Haltung

des Oberkörpers beinahe waagerecht war. Die grauen Haare trug sie zu einem unordentlichen Dutt verknotet, aus dem sich mehrere Strähnen gelöst hatten, die ihr aufgrund dieser gebückten Haltung ständig ins Gesicht hingen. In ein rundes, etwas bäuerlich wirkendes Gesicht mit roten Backen und listig wirkenden blauen Augen, deren Blick beständig umherhuschte und nie lange an derselben Stelle verharrte. Hinzu kam vor allem in den kurzen Pausen nach der Feststellung „Des ben i!" ein geradezu höhnisches Grinsen, wodurch Frau Grässle eher an einen spitzbübischen Kobold erinnerte als an böse alte Damen, die mittels „Knusper knusper Knäuschen" nichtsahnende Kinder in den Backofen lockten.

Trotzdem, fand Corinna, hätte man den Stock durch einen Besen ersetzt wäre es durchaus im Bereich des Möglichen gewesen, dass sich Frau Grässle kurzerhand darauf in die Lüfte erhob und wegflog.

VII

Wäre es bei diesem einen Besuch geblieben, oder wäre Frau Grässle lediglich alle Schaltjahre einmal vorbeigekommen, hätten die Waidmanns vermutlich gar nicht groß angefangen, über diese ein wenig sonderliche Kundin nachzudenken. Merkwürdige Menschen gab es immerhin zuhauf, und wenn man täglich in einem Laden auf dem Präsentierteller stand erlebte man zwangsläufig so manche Anekdote.

Das Problem mit Frau Grässle war allerdings, dass sie nach diesem denkwürdigen ersten Besuch zunächst im Monatsrhythmus vorbeischaute um sich immer mehr zu einer echten Nervensäge zu entwickeln, denn die überaus anstrengenden Besuche wurden nicht nur häufiger sondern auch länger.

„Weißt du, ich finde das irgendwie unfair." säuselte Corinna Steffen eines Abends ins Ohr, als sie sich gerade schlafengelegt hatten.

„Was denn, Schatz?"

„Na, dass hauptsächlich ich immer mit den Bekloppten zu tun habe und du dich in deine Werkstatt zurückziehen kannst."

Steffen seufzte ein leises „Sorry!"

Nach einer Pause fuhr er fort: „Mannmannmann, ich dreh' einfach noch durch wegen Schmidt. Der kommt einfach nicht mit der Buchhaltung in die Gänge und wir zahlen und zahlen ans Finanzamt obwohl der Umsatz zurückgegangen ist. Und mit der Kette für die Gerbalds komme ich auch nicht zurecht."

„So schlimm?"

Schlimm war das falsche Wort, schlimm war für Steffen in seinem Beruf überhaupt nichts. Aber kompliziert, das war zutreffend.

Die Gerbalds hatten ihm nämlich ein Foto aus dem Katalog eines namhaften französischen Juweliers vorgelegt, mit der Bitte, das darauf abgebildete mehrteilige Collier anzufertigen. Das war natürlich schon aus lizenzrechtlichen Gründen so nicht machbar. Also musste Steffen Änderungen im Entwurf vornehmen.

Diese Änderungen wichen nach Meinung von Herrn Gerbald zu sehr vom Original ab, so dass ein zweiter, schließlich gar ein dritter und vierter Entwurf nötig war bis man sich auf einen rechtssicheren Kompromiss einigen konnte.

Danach bestand Frau Gerbald darauf, die benötigten Steine selbst anzuliefern, so dass Steffen zunächst einige ältere Stücke aus dem Besitz von Frau Gerbald zerlegen musste um dann festzustellen, dass die ausgefassten Steine aufgrund ihrer Größe eine erneute Änderung des Entwurfs nötig machten. Das gewünschte Collier sollte nämlich eine Art Koralle darstellen und ein zu großer oder zu kleiner Farbstein am falschen Fleck hätte die optische Wirkung des Schmuckstücks gnadenlos ruiniert.

„Naja, schlimm… Hast du gesehen, was die Gießerei uns da geliefert hat?" fragte er. „Heute morgen dachte ich noch, okay, dann feile ich eben ein paar Gußgrate ab und gut ist. Aber das ganze Gelumpe passt hinten und vorne nicht richtig zusammen. Wenn die Gerbald das so anlegt wie es ist zerkratzt sie sich den Hals oder scheuert ihre Klamotten durch."

„Und wenn du es einfach noch mal neu gießen lässt?"

„Dann reicht die Zeit nicht mehr bis zu ihrem Geburtstag. Ich kann nur hoffen, dass ich das Ding überhaupt noch pünktlich fertigbekomme.

Pünktlich Feierabend machen kann ich jedenfalls die nächsten Tage vergessen."

Etwas weniger säuerlich fügte er hinzu: „Ich hoffe du verstehst, dass ich momentan nicht auch noch die Nerven habe, mir das Samuel-Beckett-Gedächtnis-Gewäsch dieser Grässle anzuhören."

Corinna knuffte ihn. „Beckett war ein hochintelligenter Schriftsteller. Sowas tiefsinniges kannst du doch nicht mit dem Gelaber über den Mann selig vergleichen."

Steffen lachte. „Womöglich war ja Beckett der Mann selig und dieses Gebrabbel ergibt einen Sinn für den wir einfach zu doof sind."

VIII

„Also die Markise da…" Der Mann vom Rechts- und Ordnungsamt der Stadt Behlen zeigte auf die Korbmarkise, die das Haus in der Mittelbachgasse verzierte.

„Ja?" fragte Steffen angesäuert. „Die habe ich hier jetzt schon mehr als vier Jahre."

„Das spielt keine Rolle, Herr Waidmann." Der Ordnungsmensch plusterte sich gewichtig auf. „Die Lage ist eindeutig. Laut Verordnung Nr." (an dieser Stelle folgte eine längere Auflistung von Paragraphen) „ist das Anbringen einer solchen Markise in der Mittelbachgasse rechtswidrig weil dadurch das Stadtbild auf unzulässige Weise verändert wird. Außerdem gibt es Bedenken vom Amt für Denkmalschutz ob Ihre Umbaumaßnahmen rechtens waren."

„Ja und jetzt?" Steffen hätte diesem Wichtigmacher am liebsten eine Handvoll seiner Paragraphen in den Rachen geschoben.

„Ja, die Markise muss sofort da weg! Die verschandelt das historische Stadtbild und stellt darum eine Störung im öffentlichen Raum dar."

„Aha!" stellte Steffen süffisant fest. „Sie sehen aber schon, dass hier in der achso historischen behlener Altstadt, speziell in der Mittelbachgasse, praktisch jedes zweite Geschäft so eine Markise dran hat, oder? Von Stadtbild verschandeln kann also wohl kaum die Rede sein."

Der Mann vom Amt blieb unbeeindruckt. „Nach unserer Auffassung muss die Markise unverzüglich entfernt werden."

„Die Markise war beantragt und genehmigt." protestierte Steffen. „Ihr Kollege auf dem Bauamt…"

„Das ist so nicht korrekt. Die Genehmigung war auf Widerruf erteilt und dieser erfolgt hiermit."

„Na toll! Und darauf kommt ihr jetzt nach vier Jahren?"

„So ist es. Der Fall musste erst eingehend überprüft werden."

Das schlug doch dem Fass den Boden aus! Steffen war ja noch nie ein großer Fan der Bürokratie, aber dass diese Schlafmützen tatsächlich vier Jahre lang irgendwo seinen Antrag herumliegen hatten nur um gerade jetzt aus der Versenkung zu kommen – das war einfach nicht zu fassen!

„Ihr spielt eindeutig zu oft Beamtenmikado",

murmelte Steffen kopfschüttelnd. „Sie wissen schon, was mich die Markise gekostet hat?"

„Das war Ihr Risiko."

Junge, wenn du wüsstest was ein Risiko ist, dachte Steffen, *du riskierst gerade, von mir mehrfach in den Arsch getreten zu werden. Dann sitzt sich dein Hintern nicht mehr so bequem hinterm Schreibtisch breit während du auf den Dienstschluss wartest.*

„Und was mache ich stattdessen hin? Irgendwie muss ich meinen Laden ja bewerben?" fragte er mit gespielter Problemlösungsorientierung, denn natürlich hatte er gar kein Interesse daran, am Erscheinungsbild seines Geschäfts etwas zu ändern.

„Das kann ich Ihnen nicht sagen, dazu müssten wir erst noch einmal die genaue Rechtslage eruieren."

„Und das dauert dann wieder vier Jahre?" verlor Steffen die Geduld. „Wieviel Euro kostet mich das eigentlich, wenn ich Ihren ganzen Paragraphenquatsch einfach missachte und das Stadtbild weiterhin mit meiner Markise verschandele?"

„Solange keiner der Anwohner eine schriftliche Beschwerde einreicht kostet Sie das gar nichts."

Es kostete Steffen eine Menge Selbstbeherrschung, sich nicht wahlweise mehrfach gegen die Stirn zu schlagen oder diesen Behördenheini kurzerhand zu erwürgen.

„Dann schlage ich vor, dass wir es darauf ankommen lassen."

IX

Ehrfürchtig betrachtete Corinna das Collier. Es war pünktlich fertig geworden und ruhte nun in einem innen mit weißem Stoff ausgeschlagenen Etui aus rotem Leder.

Herr Gerbald entnahm das Stück seiner Verpackung, warf einen kurzen, desinteressierten Blick darauf und reichte es an seine Frau weiter.

Sowohl Steffen und Corinna hielten die Luft an, denn dies war nach der Fertigstellung eines Schmuckstücks immer der spannendste Moment – war die Kundin zufrieden? Würde sie auf Nachbesserung bestehen (was im Hause Waidmann noch nie der Fall war)? Wie würde die Bewertung der Arbeit ausfallen? Von stiller Freude bis zu lautstarken Begeisterungsstürmen hatten sie in den letzten vier Jahren so gut wie alles erlebt.

Frau Gerbald legte das Stück an und betrachtete sich im großen Wandspiegel. Dabei sah sie überaus zufrieden aus.

„Sollten Sie feststellen, dass noch irgendwo etwas drückt oder kratzt werde ich das natürlich noch einmal nachbearbeiten. Aber im Großen und Ganzen sollte es perfekt sitzen."

„Sie haben da wirklich erstklassige Arbeit abgeliefert, Herr Waidmann. Wie hoch war noch einmal der Preis?"

„38.000 €, wie vereinbart. Sie haben sogar Glück, der Goldpreis ist inzwischen angestiegen."

„Aha, das ist aber schön. Dann werde ich Ihnen

jetzt einen Scheck über 20.000 € ausstellen." Herr Gerbald griff in die Innentasche seines Jacketts.

Corinna dachte einen kurzen Moment, sich verhört zu haben.

„Herr Gerbald, das können wir so nicht machen. Ich bin bei dem Stück in Vorleistung getreten und habe so knapp wie möglich kalkuliert.", erklärte Steffen.

„Steine mussten Sie ja nicht beschaffen." stellte Herr Gerbald trocken fest. „Für zwanzigtausend nehme ich das Stück."

Corinna konnte es kaum glauben und auch Steffen wirkte angesäuert. Der hatte ja vorhin schon Theater mit diesem Typen vom Ordnungsamt.

Mit einem nicht ganz freundlichen Lachen setzte Steffen erneut an: „Wenn ich Ihnen das Stück für zwanzigtausend gebe mache ich Verlust. Der Preis von 38.000 € war fest abgesprochen. Oder ist irgendetwas mit dem Stück nicht in Ordnung?"

„Es sieht nicht aus wie die Vorlage." klagte Frau Gerbald in schmollendem Ton.

Steffen rollte mit den Augen. „Ich dachte, das hätten wir ausführlich diskutiert. Ich kann nicht einfach anderer Leute Entwürfe kopieren und mit meinen Änderungsvorschlägen waren Sie einverstanden, ebenso wie mit dem genannten Preis."

„Wir haben keinen Kostenvoranschlag bekommen." stellte Herr Gerbald fest.

Daher wehte also der Wind! Corinna biss sich auf die Lippen. Als gelernte Bürokauffrau hatte sie

Steffen schon wiederholt darauf hingewiesen, dass es leichtsinnig war, die Preisabsprachen bei Einzelanfertigungen nur mündlich vorzunehmen. Andererseits waren die Gerbalds gute Kunden und es hatte noch nie Ärger mit ihnen gegeben. Sie war ein wenig enttäuscht, dass ausgerechnet diese beiden sich nun als Preisdrücker entpuppten.

Steffen blieb sachlich. „Herr Gerbald, ich denke, dass wir beide wissen, dass eine mündliche Absprache genauso gültig ist wie ein schriftlicher Kostenvoranschlag."

„Zwanzigtausend."

„Sind wir hier auf dem Basar in Ankara?" fuhr Corinna zornig dazwischen.

Herr Gerbald lächelte böse. „Sie wissen genauso gut wie ich, dass Sie dieses Stück niemandem sonst verkaufen können – weil Ihnen die Steine nicht gehören."

Nun riss auch Steffens Geduldfaden. „Wenn Sie den Handel platzen lassen wollen zerlege ich das Stück eben wieder. So bleibe ich wenigstens nicht auf meinen Ausgaben sitzen." Das stimmte natürlich nur zum Teil, denn die Arbeitszeit würde ihm so niemand ersetzen.

„Auf keinen Fall!" protestierte Frau Gerbald, stürzte zur Ladentür und huschte ins Freie. Im letzten Moment schien sie sich zu besinnen, dass diese Handlungsweise einem versuchten Diebstahl gefährlich nahekam, so dass sie etwas verlegen vor dem Geschäft auf und ab lief anstatt nach Sonstwohin zu flüchten.

Steffen und Corinna fehlten die Worte. Die Show, die dieses ältliche Ehepaar da gerade abzog, war erbärmlich. Für einen Fabrikanten, dessen Frau täglich zwischen Golfplatz und Reitverein hin und her pendelte, wäre selbst eine Reise nach Frankreich um dort das ungefähr dreimal so teure Originalstück zu beschaffen in finanzieller Hinsicht ein Klacks gewesen. Anscheinend war an dem Sprichwort etwas dran, wonach man von reichen Menschen das Sparen lernen konnte.

Steffen hatte seine Fassung als erster wieder. „An Ihrer Stelle würde ich schleunigst meine Frau wieder hier hereinbitten."

„Das werde ich tun. Wenn Sie die Sache so sehen, schlage ich vor, dass das Stück zunächst einmal hierbleibt. Allerdings wäre es äußerst unklug, die Steine auszufassen bevor wir unseren Rechtsanwalt hinzugezogen haben."

„Solche Arschlöcher!" fluchte Corinna. „Du solltest dieses Mistding einfach auseinandernehmen. Dann kriegen sie das Collier nicht selbst wenn sie fünf Anwälte beschäftigen."

„Dass die sich das Collier möglichst billig ergaunern wollen ist mir auch klar. Aber ich kann die Steine nicht ausfassen."

„Und warum?"

„Weil wir darüber auch nichts schriftlich festgehalten haben. Am Ende mosern die dann noch rum, dass sie diese Steine nicht geliefert hätten und man sie betrügen würde. Pack' den Scheiß erstmal in den Tresor!"

„Grüß Gott Frau Waidmann! Ach ist das heute ein Sauwetter!"

Oh nein, stöhnte Corinna innerlich. Der Tag heute war doch schon ärgerlich genug, außerdem war es fünf Minuten vor sechs, also kurz vor Ladenschluss.

„Sie, Frau Waidmann, ich brauche Ihren Rat. Wissen Sie, ich stelle doch der Katze meines Nachbarn immer ein Schüsselchen Milch raus. Weil ich bin ja soo tierlieb. Merken Sie was? Das bin ich!"

(Jaja, diesen Running-Gag kenne ich inzwischen)

„Und jetzt habe ich mir gedacht, das arme Tierlein ist doch so mager, da sollte ich vielleicht auch ein wenig Katzenfutter rausstellen. Seit mein Mann selig endlich selig ist kann ich mit meinem Geld ja machen was ich will ohne dass er mir dreinredet. Aber mein Wurstli – das ist ein goldiger Hund, ich sag' Ihnen was, so ein goldiger Dinger, weil ich bin ja soo tierlieb."

(Ich merke was: das sind Sie!)

(Und überhaupt: hat die jetzt einen Hund oder doch nicht?)

„Jedenfalls, wenn jetzt der Wurstli an das Katzenfutter rangeht verdirbt er sich doch vielleicht den Magen. Darum dachte ich, ich frage einfach mal die Frau Waidmann, die hat mir schon so viele gute Ratschläge gegeben. Merken Sie was? Das bin ich!"

(Ratschläge? So viel ich weiß bin ich bei deinen Besuchen noch kein einziges Mal auch nur zu

Wort gekommen.)

„Also, soll ich das Katzenfutter rausstellen?"

„Frau Grässle, ich bin kein Tierarzt, darum weiß ich nicht…" *ob der Köter sich dabei den Magen verdirbt und an der Scheißerei verreckt und es ist mir auch so was von egal, denn merken sie was? Des ben i!*

Aber so weit kam Corinna gar nicht, denn Frau Grässle unterbrach sie wie üblich schon nach wenigen Worten.

„Der Tierarzt Buchklotzer, das ist auch so einer! Dem hat mein Mann selig als er noch nicht selig war ein Glas Schattenmorellen…"

Corinnas Geist ging derweil auf Reisen.

„Oh, jetzt muss ich aber auf den Bus! Auf Wiedersehen Frau Waidmann!"

Corinna erwachte wie aus einer Trance, als Frau Grässle mit kleinen Trippelschritten, schwer auf den Spazierstock gestützt, zur Ladentür hinauszuckelte.

„Besser nicht", murmelte sie.

Damit begann ein neues, äußerst ärgerliches Spiel. Denn nun tauchte Frau Grässle im Vierzehntagesrhythmus immer knapp vor Ladenschluss auf, weil um halb sieben ihr Bus fahren würde und das so praktisch sei, dass sie sich in der Wartezeit noch mit jemandem unterhalten könnte. Vor allem mit einer so guten und intelligenten Zuhörerin wie Frau Waidmann.

„Und der Witz ist, obwohl sie mich ständig um irgendwelche Ratschläge bittet hört sie mir nichtmal zu sondern würgt mich nach einem halben Satz wieder ab." klagte Corinna. „Und jetzt stiehlt sie einem die Zeit auch noch nach Feierabend. Wenn sie wenigstens während der normalen Ladenzeiten reinkäme. Allzu viel los ist ja in letzter Zeit sowieso nicht."

„Hat die eigentlich überhaupt schon mal was gekauft?" erkundigte sich Steffen.

„Wo denkst du hin? Ist eine typische Kategorie Vier."

Corinna hatte die Kundschaft spaßeshalber in vier Kategorien unterteilt. Es gab gute Kunden, die viel kauften; nervige Kunden, die viel kauften; gute Kunden, die wenig kauften und dann noch diejenigen, die einfach nur nervig waren und wenig bis gar nichts kauften.

„Wenn das nicht so eine elendige Schwätzerin wäre würde ich sie einfach rauswerfen. Aber so wie ich die einschätze erzählt die das dann bei Hinz und Kunz in der ganzen Stadt herum."

„Dann machen wir das anders", schlug Steffen vor. „Der Bus fährt mittwochabends um 18 Uhr 30. Also machen wir in den nächsten Wochen mittwochs einfach so gegen halb fünf Feierabend. Vielleicht bleibt sie dann weg."

Dieser Plan schien zu funktionieren. Drei Wochen lang war von Frau Grässle nichts zu sehen.

Dafür riefen sich die Gerbalds per Anwaltschreiben in Erinnerung und forderten die Herausgabe ihres Schmuckstückes.

Steffen antwortete darauf, dass dieses Schreiben

seiner Ansicht nach an eine Unverschämtheit grenze und verwies auf die bisher nicht erfolgte Zahlung der vereinbarten 38.000 Euro.

Im Gegenzug setzte die Anwaltskanzlei Brüstle-Heck eine Frist zur Herausgabe des Schmuckstückes – erneut war das Ganze so formuliert als handle es sich um das Eigentum der Gerbalds – da man ansonsten die Herausgabe auf dem Klageweg erzwingen werde.

Die Waidmanns waren sich darin einig, diese Frist verstreichen zu lassen und die Angelegenheit in die Hände des Amtsrichters zu legen.

X

Steffen und Corinna klärten mit Herrn Krauss die letzten Details seines Auftrags. Herr Krauss war der Vorsitzende des behlener Hundesportvereins und hatte sich erkundigt, ob es möglich wäre, einen kleinen Schäferhund als Anhänger für eine Kette anzufertigen. Da Silber schnell oxydierte hatte Herr Krauss großes Interesse an Weißgold, eventuell auch Platin bekundet.

„Also ob die das auch in Platin herstellen können weiß ich nicht, da müsste man mal nachfragen. Aber dieser Anhänger," Steffen deutete auf eine Abbildung in dem umfangreichen Katalog der Silberwarenfirma, die von kleinen Putten, niedlichen Tieren über Autos, Musikinstrumente bis hin zum Miniaturtennisschläger so gut wie alles im Angebot hatten. „Der ist laut Preisliste auch in rhodiniertem 585er Weißgold lieferbar."

„Wozu rhodiniert man eigentlich Weißgold noch, ist das nicht unnötig?" erkundigte sich Herr Krauss, ein gemütlicher, etwas beleibter Endfünfziger mit braunem Vollbart und einem gewaltigen Bauch.

„Bei einer guten Legierung ist das eigentlich nicht unbedingt nötig, stimmt. Allerdings wird das Gold dadurch vor Abrieb geschützt, darum empfiehlt sich das Rhodinieren…"

Die Türglocke bimmelte fröhlich, gefolgt von einem überlauten „Ja Grüß Gott! Ich habe mir ja schon solche Sorgen gemacht! Jedes Mal wenn ich vorbeikomme ist zu!"

„Hallo Frau Grä…" versuchte es Corinna.

„Wo wir doch sooo gut befreundet sind, das kann ich Ihnen sagen. Sie, ich muss Ihnen das erzählen, der Tierarzt Buchklotzer! War ich da vor ein paar Tagen mit dem Wurstli weil er vom Katzenfutter gefressen hat."

„Wir führen hier gerade ein Verkaufsgespräch!" protestierte Steffen energisch.

„… mein Mann selig als er noch nicht selig war…"

„Jedenfalls werden vor allem Ringe in Weißgold immer auch zusätzlich rhodiniert." versuchte Steffen wieder an das Gespräch mit Herrn Krauss anzuknüpfen. Dieser kratzte sich am Hinterkopf und schaute ziemlich ratlos drein.

„…merken Sie was? Das bin ich!"

„Tja dann, nen schönen Tag noch!" Entsetzt sahen Steffen und Corinna Herrn Krauss dabei zu, wie er aus dem Laden marschierte und sich erneut dabei den Kopf kratzte.

„Aber–„

„Herr Krauss–„

„Sie, Herr Waidmann, ich habe ein Problem. Und zwar war ich doch mit dem Wurstli beim Tierarzt Bucklotzer und habe ihm ein paar gefüllte Paprika mitgebracht…"

Ich bring' die alte Kachel um! dachten sowohl Steffen als auch Corinna. Aber natürlich taten sie nichts dergleichen. Ganz im Gegenteil erduldeten sie brav eine ellenlange Predigt über Tierärzte namens Buchklotzer, selige Männer und Hunde mit verdorbenem Magen, bis sich Frau Grässle schließlich irgendwann verabschiedete.

„Jetzt reicht's!" Steffen war außer sich. „Wenn diese Ziege uns hier einen Knopf an die Backe labert ist das eine Sache. Aber die vergrault uns inzwischen sogar die Kundschaft! So gut läuft das Geschäft momentan dann doch nicht, dass wir es uns erlauben können, dass Frau *des ben i* mit ihrer Beckett-Nummer hier die Leute aus dem Laden ekelt. *Hei, Herr Waidmann"* äffte er sie nach, „*soll ich dem Wurstli nächstes Mal Rattengift geben oder doch lieber Strichnin, das hat bei meinem Mann selig nämlich auch so gut geholfen?"*

„Ich hoffe bloß, dass Herr Krauss noch mal wiederkommt." Corinna war ebenfalls nicht zum Lachen zumute. Sie hätte sich am liebsten selbst dafür geohrfeigt, dass sie Frau Grässle so einfach hatte gewähren lassen. Aber dieses wirre Gefasel war so furchtbar einlullend. Man stand einfach nur da und schaltete geistig auf Durchzug weil sich ohnehin nur schwer ein roter Faden in diesem Wortsalat finden ließ. Zumal man bei Frau Grässle ohnehin praktisch gegen eine Wand redete wenn man versuchte, das Gespräch in eine andere Richtung zu lenken.

Und dann fiel der für die weiteren Ereignisse vermutlich bedeutungsschwerste Satz: „Seit die alte Kuh hier ein- und ausgeht läuft alles nur noch daneben!"

Steffen ließ sich erschöpft auf den Bürostuhl plumpsen und riss das Zellophanpapier von einer Zigarettenschachtel.

Corinnas Verstand hingegen arbeitete nun auf Hochtouren. Stimmte das? Sie versuchte, sich den ersten Besuch von Frau Grässle in Erinnerung zu rufen.

„Stef, das kann erst noch hinkommen." bestätigte sie schließlich die Behauptung ihres Mannes. „War die nicht zum ersten Mal da als Schmidt die Steuererklärung endlich fertig hatte?"

Steffen ließ sein Zippo zuschnappen und inhalierte. Schmidt! Der! Dieser lahmarschige Steuerberater hatte Geschäftsjahr vier noch nicht fertig und das Finanzamt maulte bereits wegen Numero fünf. Die monatlichen Vorauszahlungen waren natürlich darum noch immer nicht angepasst, und das obwohl der Umsatz deutlich fühlbar nachgelassen hatte. Und dann noch dieser Zirkus mit den Gerbalds! Immerhin hatte er außer den Steinen das komplette benötigte Material besorgt und von der Gießerei eine ebenfalls nicht gerade kleine Rechnung bekommen. Die Ersparnisse waren jedenfalls weg und die Einnahmen trugen gerade so die laufenden Kosten wie Miete, Strom, etc. Himmel, die Gebühren für die Mitgliedschaft in der Handwerkskammer hatte er sogar noch gar nicht bezahlt, da diese ebenfalls noch nach den alten Steuererklärungen berechnet und darum viel zu hoch angesetzt waren.

Allerdings war das alles noch kein wirklicher Grund zur Beunruhigung. So schwachsinnig, wie dieser Brüstle-Heck argumentierte würden die Gerbalds samt Anwalt vor Gericht die Nase hinaufziehen. Wenn es ihm gelang, Schmidt endlich Beine zu machen wäre der Spuk mit den Vorauszahlungen höchstwahrscheinlich beendet, vielleicht würde es sogar eine kleine Rückerstattung geben. Herr Krauss würde sicher auch noch einmal vorbeischauen und diese kleine Flaute könnte doch nicht ewig anhalten. Die Leute sparten eben momentan weil sie durch Eurokrise und Bankenrettung ein wenig verunsichert waren, aber bald würde alles wieder in Butter sein.

Jedoch... losgegangen war der ganze Ärger tatsächlich genau an dem Tag, als erst Schmidt angerufen hatte und anschließend dieser lebende *stream-of-consciousness* zur Türe hereingepurzelt kam.

„Mannomann", murmelte er, „da warten manche

ihr Leben lang auf Godot und bei uns vergrätzt er die Kunden."

„Man weiß nicht warum, man weiß nicht warum…" zitierte Corinna.

Die von Herrn Brüstle-Heck gesetzte Frist verstrich und es wurde ein Termin für eine Güteverhandlung anberaumt. Nach einiger Überlegung entschieden sich Steffen und Corinna dafür, zunächst noch auf einen Anwalt zu verzichten. Einen angebotenen Vergleich ablehnen konnten sie auch selbst.

Und genau das taten sie dann auch nachdem Steffen bei der Verhandlung der Kragen geplatzt war weil es Brüstle-Heck nicht klarzumachen schien, dass das Collier keineswegs den Gerbalds gehörte sondern diese nur die Edelsteine geliefert hatten. Obendrein war der Richter ein Musterbeispiel für die sprichwörtliche „blinde Justiz", denn dieser Schlug ausdrücklich vor, dass das Schmuckstück der Gerbalds herauszugeben und Steffen lediglich für die geleistete Arbeitszeit zu entschädigen wäre. Was in Summe noch deutlich weniger als 20.000 Euro gebracht hätte.

Also würde dieses perfide Spiel in eine zweite Runde gehen, diesmal allerdings mit Rechtsbeistand.

XI

„Grüß Gott Frau Waidmann!" tönte es unter dem fröhlichen Gebimmel der Türglocke.

Nein, bitte nicht! dachte Corinna. Und dann: *WTF?*

„Sie, Frau Waidmann! Was sagen Sie auch zu meiner neuen Frisur? Das ist doch gleich mal ganz anders als bei der Frau vom Dr. Dengler! Aber die geht ja auch zum Friseur Schelpsky. Zu dem würde ich nichtmal meinen Hund schicken wenn ich einen hätte. Weil ich bin ja soo tierlieb…"

WTF? fasste diesen Anblick einfach perfekt zusammen, denn Frau Grässle trug ihre Haare nun als struppigen, rot gefärbten Borstenkopf und trug dazu nicht mehr den bisher üblichen Landhaus-Look sondern Jeans zu einem weißen Sweatshirt mit dem rosafarbenen Schriftzug *Kiss Me!*.

So sah Frau Grässle nun in der Tat wie ein zu groß geratenes ungezogenes Kind mit einem alten Gesicht aus. Oder wie eine ziemlich fiese Verwandte von Pumuckl, vor allem wenn sie dieses ekelhaft selbstgerechte „Des ben i!" verkündete und dabei ihre höhnische Grimasse zog.

Was Corinna aber beinahe erschreckte war, dass Frau Grässle in ihrem neuen Style gar nicht mehr so alt aussah. Auch wenn sie sich natürlich weiterhin schwer auf ihren Spazierstock stützte und zwischen allerlei irrelevanten Dingen ihr Hüftleiden erwähnte.

„Puh, Godot war wieder da." klagte Corinna.
„Ich hab's gehört", flötete Steffen, „zum Glück

war ich hier oben in der Werkstatt".

Das Juweliergeschäft Waidmann war räumlich nämlich so konzipiert, dass im Erdgeschoß der Verkaufsraum und das Büro lagen, getrennt durch einen weißen Lamellenvorhang. Im Stockwerk darüber lag das Reich von Steffen, eine mit vier Arbeitsbrettern und einer schweren Werkbank ausgestattete Werkstatt, die durch eine nachträglich eingebaute Treppe – Corinna nannte diese Stiege immer nur Hühnerleiter – zu erreichen war.

Zwar hätte man die Werkstatt auch ganz normal über das Treppenhaus erreichen können, aber da das Haus in der Mittelbachgase neben seiner Funktion als Geschäft der Waidmanns auch noch als Wohnsitz eines alten Griechen namens Karamanlis diente, der seit der Wirtschaftswunderzeit ein Zimmer im ersten Stock sowie den Dachboden bewohnte, hatten sich die Waidmanns dafür entschieden, die von ihnen gemieteten Räume baulich sauber abzutrennen. Es war schon lästig genug, dass man sich mit Karamanlis die zugige Toilette teilen musste, die sich ebenfalls im ersten Stock befand.

„Sag mal, hat Frau Grässlich jetzt eigentlich einen Hund oder doch nicht?" erkundigte sich Steffen lachend durch den Treppenschacht.

„Heute hatte sie mal wieder keinen. Aber sie hat eine neue Frisur. Brrr!" Corinna schüttelte sich.

„Na jetzt wo sie weg ist können wir ja für heute Feierabend machen." Steffen kam die Hühnerleiter herunter.

„Wieso?" fragte Corinna.

„Ach, wenn die Olle da war kommt doch sowieso drei Tage niemand."

Und so war es tatsächlich. Was zunächst scherzhaft gemeint war entpuppte sich nach genauerer Beobachtung als unumstößliche Tatsache. Drei Tage. Auf die Sekunde genau. Man konnte regelrecht die Uhr danach stellen.

Womit wir wieder bei Corinnas banger Frage vom Anfang dieser Geschichte wären:

„Und was machen wir jetzt?"

Zweiter Teil
Gegenmaßnahmen

I

Das Klo in der Mittelbachgasse war vielleicht ein stilles, aber keineswegs ein gemütliches Örtchen. Insbesondere Corinna musste sich jedes Mal überwinden, die knarzende Treppe in den ersten Stock hinaufzusteigen. Einzige Lichtquelle im Flur war eine altersschwache Glühbirne in einer einfachen Fassung, so dass der von Karamanlis bewohnte Teil des Hauses selbst an den hellsten Sommertagen in einem schummrigen Zwielicht lag.

Wenn Corinna diese eher schäbigen Räumlichkeiten so betrachtete fand sie es immer wieder erstaunlich, mit wie wenig Aufwand sie diesen alten Bunker in einen zwar nicht ultramodernen, aber einladenden Verkaufsraum verwandelt hatten. Hier im Hausflur hingegen stand man plötzlich im siebzehnten Jahrhundert. Und in einem Haufen Gerümpel, den Karamanlis über die Jahre angesammelt hatte.

Was hatte Steffen hier schon geflucht!

Der Laden der Waidmanns war nämlich so konzipiert, dass die mit Panzerglas verstärkte Eingangstür nur von innen abschließbar war, so dass man das Geschäft außerhalb der Öffnungszeiten nur durch den Hintereingang verlassen oder betreten konnte. Das bedeutete dann einen Slalom vom hölzernen Eingangstürchen, das keinem Fußtritt standgehalten hätte, vorbei an alten Plastikeimern, diversen Werkzeugen und Baumaterialien sowie einem alten Bettrost, bis man endlich vor der verstärkten Stahltür, die das Geschäft vorschriftsmäßig vor unbefugten Besuchern schützte, stand. Darüber hinaus verlangte diese kurze Strecke Steffen mit seinen einsachtzig aufgrund der durchhängenden Decke auch noch seinen täglichen Kotau ab - sofern er sich nicht schmerzhaft das Haupt stoßen wollte, was gelegentlich trotzdem vorkam wenn er sich zu spät bückte.

Corinna musste zwar nicht den Kopf einziehen, da sie auch mit hohen Absätzen etwas kleiner war als Steffen, dafür hatte sie von Anfang an Spaß mit der Toilette und Herrn Karamanlis. Dieser lief nämlich grundsätzlich nur im Schlafanzug herum und hatte die unangenehme Eigenart, die Toilettentür – eine etwas schiefe Bretterkonstruktion mit einfachem Schieberiegel – grundsätzlich nie abzuschließen wenn er sein Geschäft verrichtete und lautstark in mit einigen deutschen Wortbruchstücken versetztem Griechisch zu protestieren wenn jemand nichtsahnend versuchte, das Klo zu betreten. Da Karamanlis darüber hinaus bestenfalls zwei Zähne im Mund hatte war nach dem ersten Schrecken der Gesamteindruck jedoch eher lächerlicher Natur.

Corinna ärgerte sich trotzdem jedes Mal, denn die

Treppe knarzte so deutlich vernehmbar, dass Karamanlis das hören musste wenn jemand nach oben stieg. Stattdessen wirkte es so, als ob er sich geradezu einen Spaß daraus machte, dort ruhig zu hocken um dann wie ein Kastenteufel draufloszutoben.

Noch lästiger, um nicht zu sagen ekelhafter, als ein beim Defäkieren ertappter schimpfender seniler Sack war jedoch die Tatsache, dass Karamanlis neuerdings anscheinend den Sinn und Zweck einer Wasserspülung vergessen hatte.

Angewidert rümpfte Corinna die Nase über dem Bierschiss, den er heute wieder hinterlassen hatte und beschloss, für dieses Ferkel ein Schild anzubringen. Und zwar eines auf Griechisch.

Wenn sie nur in letzter Zeit nicht so müde wäre! Sie fühlte sich teigig und irgendwie ausgelaugt. Das musste an den Sorgen liegen. Zwar hielt sie es nach wie vor für unwahrscheinlich, ja, unter rationalen Gesichtspunkten sogar unmöglich, dass diese grässliche Frau Grässle eine Art Fluch auf den Laden gelegt hatte – einen Fluch obendrein, der aus einer völlig sinnfreien Litanei wahlloser Gedankensprünge bestand. Oder erkannten sie nur den tieferen Sinn dahinter nicht? Sie nahm sich vor, bei nächster Gelegenheit einmal genauer auf die wie heruntergeleiert wirkende Assoziationskette zu achten.

Diese Gelegenheit kam schneller als Steffen und Corinna lieb war, denn Frau Grässle erschien zum nächsten Mal als gerade die Drei-Tages-Frist

56

abgelaufen war und Corinna freudig einen Kunden erwartete.

So langsam wird sie aber dreist! ging es Corinna böse durch den Kopf.

„Ja Grüß Gott Frau Waidmann...", legte Frau Grässle sogleich los und Corinna merkte, wie ihre Konzentration beinahe sofort nachließ. Sie zwang sich zur Aufmerksamkeit.

Mal sehen, notierte Corinna geistig mit, *es gibt also diesen Mann selig der nicht immer so selig war und dann noch den Wurstli, weil sie ja sooo tierlieb ist. Ist Wurstli jetzt ihr Hund oder nicht? Zum Friseur Schelpsky würde sie ja keinen Hund schicken, selbst wenn sie einen hätte.*

Weiters sind da Dr. Dengler und seine Frau, Tierarzt Buchklotzer und dann noch dieser Nachbar mit der Katze. Alles nicht gerade spektakulär, oder?

„...einen herrlichen Schmorbraten. Wissen Sie, den Ofen hat nämlich mein Mann selig als er noch nicht selig war..."

Diese Worte konnten einen vielleicht einlullen! Es war tatsächlich eine Art Stream-of-Consciousness, nicht so sorgfältig komponiert und auch sprachlich nicht so elegant wie bei Beckett, klar, aber Frau Grässle schien einfach nur jeden Gedanken, der ihr gerade durch den Borstenkopf schoss auszusprechen. Aber halt! Was war das?

„...dem Buchklotzer einen Teller *Urboros* mitgebracht weil die Katze Flöhe hatte. *Nug* und *Yeb*, merken Sie was? Das bin ich!"

(*Urboros?*)

Frau Grässle brach ihren Sermon ab, musterte Corinna mit diesem höhnischen Gesichtsausdruck, den sie schon zur Genüge kannte, und fuhr fort:

„Jetzt muss ich aber schnell auf den Bus, sonst komme ich zu spät zu meinem Wurstli. Wiedersehen!"

Damit zuckelte sie erstaunlich behände aus dem Laden.

Urboros...

„Was bitte ist ein *Urboros?*" erkundigte sich Steffen.

„Ja woher soll ich das wissen? Die hat noch mehr solcher komischen Worte dahergesabbelt. Wenn ich richtig aufgepasst habe ging das in der zweiten Hälfte ihrer Show los – also an dem Punkt, an dem der Zuhörer normalerweise geistig bereits sonst wo ist." Corinna zog fröstelnd an ihrer Zigarette. „Ich habe langsam echt das Gefühl, dass die irgendwelchen Voodoo-Scheiß mit uns veranstaltet."

„Oder sie hatte einen Frosch im Hals." Von dieser These war Steffen allerdings selbst nicht überzeugt.

„Und wie eilig sie es plötzlich hatte wieder zu verduften. Ich schätze mal, dass sie bemerkt hat, dass ich diesmal genau zugehört habe." Corinna zog erneut an der Zigarette und blies ein nachdenkliches Rauchwölkchen aus.

„Mir reicht es jedenfalls so langsam. Wenn sie

das nächste Mal hier reinkommt werfe ich sie raus. Soll sie dann meinetwegen in der ganzen Stadt herumerzählen was wir für schlechte Menschen sind!" kündigte Steffen entschlossen an. „Ich glaube sowieso nicht, dass der allzu viele Leute zuhören."

II

Jedoch – Frau Grässle blieb vorerst weg. Und mit Ablauf der kundenfreien drei Tage gab es im Laden und in der Werkstatt auch wieder ein wenig Arbeit.
Drei Tage Frist, M. R. James meets Absurdismus. Steffen lachte an seinem Arbeitsbrett vor sich hin. Nein, die Geister in den Geschichten von M. R. James waren dann doch von anderem Kaliber. In seiner Jugend hatte er einige davon gelesen und zunächst für doof befunden. Bis er dann in der Nacht allein unter der Bettdecke bibberte und mit Schaudern an menschliche Taranteln oder dieses furchtbare haarige Ding dachte, das er am hellen Tag noch als Nonsens abgetan hatte. Nein, der gute alte James hätte ihnen gewiss nicht „Die satanische Wortsuppe" auf den Hals gehetzt. Oder „Buchklotzers Schattenmorellen".
Während er mit der Nadelfeile sorgfältig einen Ohrstecker bearbeitete ging er aus Jux und Dollerei noch weitere mögliche Titel durch. „Wurstli der Höllenhund", „Der Folterkeller des Mannes selig", „Doktor Dengler und Mrs. Grässlich", „Im Banne des Urboros..." Was

immer so ein Urboros auch sein mochte. Vielleicht war ja Wurstli der Urboros, so eine bisher unbekannte Unterart des Zerberos, der statt drei Köpfen sechs Schwänze und eine Allergie gegen Katzenfutter hatte. Oder sie hatten inzwischen noch einen größeren Schuss weg als Frau Grässle, weil sie einer etwas bescheuerten alten Dame ernsthaft magische oder sonstwie übernatürliche Praktiken unterstellten. Na, wenigstens blieb sie weg.

Natürlich blieb Frau Grässle nicht weg. Allerdings änderte sie ihre Taktik.

Knapp vier Wochen nach der Urboros-Episode palaverten die Waidmanns mit dem Ehepaar Fink, das zu Corinnas Kategorie 1 (nett und kaufkräftig) gehörte über Gott und die Welt. Professor Fink konnte ohne Zweifel zu den interessantesten und vielseitigsten Menschen gerechnet werden, die die Waidmanns bisher kennengelernt hatten. Doktor der Informatik, jahrelang Dozent in München und Wien und darüber hinaus auch auf dem Gebiet der Geisteswissenschaften höchst belesen, konnte er die komplexesten Sachverhalte auf ein allgemein verständliches Niveau herunterbrechen ohne dabei oberlehrerhaft oder gar arrogant zu wirken.
Im Gegenteil waren seine Ansichten über so unterschiedliche Dinge wie die Gemälde von Escher, Chaostheorie, neueste Entwicklungen im IT-Bereich oder auch einfach nur die aktuellste

Produktion des Behlener Stadttheaters eine erfrischende intellektuelle Bereicherung und hatten nicht das Geringste mit staubtrockener Hörsaalatmosphäre zu tun.

„Und wenn sie beispielsweise anfangen, es auf einer der vermeintlichen zwei Seiten anzumalen werden sie am Ende feststellen, dass sie das ganze Ding eingefärbt haben." erklärte Prof. Fink gerade. „Wobei es trotzdem eine Fehlinterpretation ist, diese umgefallene Acht, mit der in der Mathematik die Unendlichkeit dargestellt wird, mit dem Möbiusband gleichzusetzen."

Die Türglocke bimmelte.

„Ja Grüß Gott zusammen!" Diese einen Tick zu schrille Stimme war unverkennbar.

Ohjemine! durchfuhr es Steffen und Corinna.

Allerdings wurde die Tür nur einen Spaltbreit geöffnet und Frau Grässle streckte ihren Borstenkopf herein.

„Jetzt war ich aber schon lange nicht mehr da. Da musste ich unbedingt kurz vorbeikommen, wo wir doch sooo gut befreundet sind. Aber ich muss gleich weiter auf den Bus. Merken Sie was, das bin ich!"

Steffen wollte diesmal energisch zur Tat schreiten. Zweimal würde er sich gewiss nicht die Kundschaft vergraulen lassen! Er würde diese schreckliche Person hinauswerfen!

Doch er kam nicht dazu, denn Frau Grässle zuckelte bereits von dannen.

„Jedenfalls fand sogar ich diese Ausstellung

höchst sehenswert." nahm Frau Fink das Gespräch wieder auf. „Obwohl ich normalerweise nicht so gerne ins Museum gehe. Da sind mir einfach zu viele Menschen."

Steffen und Corinna atmeten insgeheim auf.

„Du sag mal", erkundigte sich Steffen zwei Tage später, „war eigentlich seit den Finks noch jemand da?"

Corinna verneinte.

III

„Wer hat sich hier etwas unrechtmäßig angeeignet?" explodierte Steffen.

„Ruhig bleiben!" raunte ihm sein Anwalt zu.

„Wie lange wollen Sie eigentlich das Gericht noch für dumm verkaufen. Ich habe das Collier im Auftrag von Herrn und Frau Gerbald angefertigt und solange diese beiden feinen Herrschaften nicht zu zahlen gedenken bleibt die Ware in meinem Besitz."

„Das stimmt so nicht!" näselte Brüstle-Heck. „Herr und Frau Gerbald haben Ihnen immerhin das gesamte Material zur Verfügung gestellt."

„Ja also Herr Kollege, da können wir dann doch noch das Gegenteil beweisen. Hier sind Belege der Gießerei und auch von der Scheideanstalt…" protestierte Steffens Anwalt

„Ach, das ist ja interessant." Brüstle-Heck putzte seine Hornbrille. „Geht aus dem Beleg der Scheideanstalt zweifelsfrei hervor, dass das Gold für das strittige Stück beschafft wurde? Wohl kaum! Herr Waidmann kann ja noch nicht einmal nachweisen, dass er tatsächlich der Hersteller des entwendeten Schmuckstückes ist."

Steffen blieb die Spucke weg. Doch anscheinend war es auch dem Richter so langsam zuviel des Guten.

„Na also Herr Brüstle-Heck!" ermahnte er den kleinen Anwalt mit den buschigen Augenbrauen. „Das haben ihre Mandanten ja selbst ausgesagt. Außerdem haben wir das Thema in der Güteverhandlung ausführlich diskutiert."

„Ich bitte Sie, bei dieser Gelegenheit auch zu berücksichtigen, dass Herr Waidmann wiederholt angeboten hat, die Steine von Herrn und Frau Gerbald wieder auszufassen und zurückzugeben." ergänzte Steffens Anwalt.

„Aber dann wäre das schöne Stück ja kaputt!", rief Frau Gerbald aus.

„Sachbeschädigung!" unterstrich Brüstle-Heck.

Ich drehe diesem Arsch-und-Titten-Anwalt noch den Hals um, rumorte es in Steffens Kopf.

„Also jetzt machen Sie sich mal nicht lächerlich, Herr Kollege." Steffens Anwalt blieb ruhig und sachlich. „Ich denke, uns allen ist klar, dass Sie dafür sorgen wollen, dass ihre Mandanten möglichst günstig an das in ihrem Auftrag gefertigte Stück herankommen. Das rechtfertigt aber keineswegs einen Betrugsversuch."

„Das ist ja allerhand!" plötzlich näselte Brüstle-Heck gar nicht mehr. Stattdessen wedelte er aufgeregt mit der rechten Hand, in der er noch immer seine Hornbrille hielt.

„Neinnein, Herr Brüstle-Heck!" schaltete sich der Richter wieder ein. „Bereits bei der Güteverhandlung war nach Auffassung des Gerichts der Herr Waidmann für die geleistete Arbeit zu entschädigen. Und die Aussagen Ihrer Mandanten sind wirklich eindeutig: sie haben Herrn Waidmann beauftragt und auch Material angeliefert."

„Und trotzdem ist nicht ersichtlich, dass auch wirklich der Herr Waidmann an dem Stück gearbeitet hat." versuchte es Brüstle-Heck erneut.

„Ja wer denn sonst?" fragte Steffen angesäuert. Er war froh, dass Corinna dieses Kasperletheater nicht ertragen musste. Als Zeugin saß sie jetzt irgendwo in einem Nebenzimmer herum und wartete auf eine eventuelle Vernehmung.

„Herr Kollege, jetzt lassen sie doch einfach mal dieses Blendwerk bleiben und machen sie eine konkrete Aussage, ob Ihre Mandanten das Stück bezahlen werden oder ob sie nur ihre Steine zurückhaben wollen."

Natürlich erhielt Steffens Anwalt keine konkrete Aussage als Antwort. Stattdessen wurde Corinna in den Zeugenstand gerufen und eine weitere Stunde darüber debattiert, ob die Gerbalds überhaupt den Auftrag zur Fertigung des Colliers erteilt hätten, welche Materialien sie geliefert hätten und so weiter. Brüstle-Heck besaß sogar die Frechheit, Steffen nach Belegen für seine berufliche Qualifikation zu fragen.

Als auf diese Art und Weise zuletzt wirklich jeder

Nebenkriegsschauplatz und jedes noch so kleine Detail ausgiebig durchgekaut und beackert war, der Richter ungeduldig auf seinem Stuhl herumrutschte und Steffens Anwalt die genaue Zusammensetzung des geforderten Preises von insgesamt 38.000 € darlegte, zündete Brüstle-Heck schließlich den absoluten Kracher.

„Dieser Preis muss auf jeden Fall gemindert werden wegen Schlechtleistung!" Inzwischen hatte er sogar wieder zu seiner süffisant-nasalen Sprechweise zurückgefunden.

„Wie bitte?" Das war doch wohl der Gipfel. Steffen war aufgesprungen.

„Ruhig bleiben!" raunte sein Anwalt schon zum wiederholten Male in dieser nicht enden wollenden Farce und zog ihn sachte wieder auf seinen Sitzplatz zurück.

„Also Herr Brüstle-Heck, ich bin erstaunt. Wo bitte liegt denn Ihrer Ansicht nach eine Schlechtleistung vor?" erkundigte sich der Anwalt emotionslos. Steffen bewunderte diesen Mann ein wenig. Andererseits, wenn jede Gerichtsverhandlung ein solcher Zirkus war gewöhnte man sich vielleicht einfach daran und stumpfte mit der Zeit ab.

„Das will ich Ihnen hiermit auseinandersetzen, Herr Kollege!" lehnte sich Brüstle-Heck überheblich zurück und faltete seine Hände vor der Brust. „Wie wir bereits gehört haben, haben meine Mandanten Herrn Waidmann also möglicherweise mit der Anfertigung eines Colliers beauftragt."

Möglicherweise? Du beschissenes schwäbisches Advokätle, wie oft fängst du eigentlich noch mit diesem Quark an? dachte Steffen bei sich.

„Gesetzt den Fall, Herr Waidmann hat Gold und Edelsteine nicht unrechtmäßig an sich gebracht, wurden diese von meinen Mandanten bereitgestellt…"

(Wie oft denn noch? Geht das tatsächlich so schwer in deinen Juristenkopf rein, du mieser kleiner Arsch-und-Titten-Anwalt oder macht es dir einfach nur Spaß, hier die Leute zu verscheißern?)

„…um *dieses* Collier anzufertigen!" Damit präsentierte er den Prospekt des französischen Juweliers.

„Wie Sie alle unschwer erkennen können", fuhr Brüstle-Heck fort, „weicht das angefertigte Endprodukt allerdings in einigen Punkten erheblich von der Vorlage ab. Es handelt sich also demnach um eine Schlechtleistung, da die erbrachte Leistung qualitativ nicht der geschuldeten entspricht!"

(Himmel, Arsch und Titte!)

„Das Urheberrecht ist Ihnen aber schon von Begriff, Herr Kollege?" erwiderte Steffens Anwalt trocken.

Nach einigem Hin und Her sowie Steffens ausführlicher Begründung, weshalb er nicht so einfach fremde Entwürfe nachmachen dürfe entschied der Richter, dass ein Gutachter hinzugezogen werden müsse und der Prozess wurde vertagt.

Steffen war außer sich. Dass Arsch-und-Titte jeden schäbigen Trick versuchen würde hatte er sich ja so ungefähr gedacht. Aber dass seine Arbeit nun von einem Sachverständigen taxiert werden sollte als wäre er ein Berufsschüler vor der Gesellenprüfung, das war entwürdigend.

„Machen Sie sich nichts draus." sagte sein Anwalt. „Wenn das Gutachten vorliegt ist am Preis nichts mehr zu rütteln. Außerdem können wir davon ausgehen, dass es nicht wesentlich von Ihrer Preisvorstellung abweichen wird – womit die Gerbalds dann als Preisdrücker bloßgestellt sind. So etwas kommt vor Gericht im Normalfall nicht sonderlich gut an."

Im Normalfall, schön! Nur leider war seit einiger Zeit überhaupt nichts mehr normal. Auch mit Corinna schien etwas nicht zu stimmen, so teilnahmslos wie heute hatte er sie schon lange nicht mehr erlebt. Er entschied, den Laden für heute geschlossen zu lassen damit sie sich zuhause erholen konnte. Vielleicht könnte er auf diese Weise herausfinden, was nicht stimmte.

IV

„Ach weißt du", Corinna hatte sich auf dem Wohnzimmersofa in eine Decke eingemummelt und wärmte sich mit einer Tasse Kaffee. Tee hasste sie nämlich.

„Das Geseier von diesem Brüstle-Heck hat mich

ein wenig an meinen Vater erinnert. Wie dieses Arschloch deine Kompetenz in Zweifel gezogen hat und mit dir umgegangen ist als wärst du ein Dieb oder so was in der Art."

„Ach, das reicht doch wenn mich das ärgert. Nimm dir Arsch-und-Titte nicht so zu Herzen." winkte Steffen ab.

Corinna lachte müde. „Wenn es nur dieser Vollhonk wäre…"

Sie überlegte.

Schließlich sprach sie all ihre Sorgen in einer simplen Frage aus: „Was soll nur aus uns werden?"

„Na was wohl? Stinkereiche alte Leute mit Haus, Garten und Kindern." antwortete Steffen grinsend.

Corinna blieb ernst. „Das wäre schön, nur glaube ich inzwischen nicht mehr dran."

„Na hör mal", versuchte Steffen zu beschwichtigen. „Nur weil dein Vater nicht viel von mir hält und mich heute so ein Anwalt dumm angewichst hat…"

„Weißt du, was mein Vater gesagt hat? Und warum wir seitdem keinen Kontakt mehr haben?"

Natürlich wusste er es nicht. „Er hat gesagt, dass wir uns mit dem Geschäft ruinieren und irgendwann mit einer eidesstattlichen Versicherung dasitzen."

„Na so ein alter Optimist aber auch." tat Steffen das Ganze ab.

„Jedenfalls", Corinna war den Tränen nahe, „ich habe furchtbare Angst davor, dass uns genau das passieren wird. Ich fühle mich dem allem gar nicht mehr gewachsen. Ich meine, Schmidt lässt einfach alles liegen, diese lästige Sache mit den Gerbalds und obendrein auch noch Frau Grässle. Inzwischen reicht es ja sogar, dass die nur kurz zur Tür hereinspuckt und schon sitzen wir drei Tage ohne Kundschaft da.“

Steffen verstand sie. Frau Grässle war vermutlich ihr Hauptproblem. Ein ungebetener Gast, der es irgendwie fertigbrachte um den Laden einen Bannkreis zu ziehen, der die Leute abstieß. Sofern es nicht wirklich nur ein dummer Zufall war, die Kaufkraft insgesamt einfach nachgelassen hatte und die Grässle einfach nur stets zur unpassendsten Zeit erschien.

Steffen fasste mehrere Entschlüsse gleichzeitig.

„Also, wegen Schmidt, den werde ich morgen früh mal anrufen und ein wenig Dampf machen. Notfalls gehen wir zu einem anderen Steuerberater. Bei der Gerichtssache warten wir einfach mal das Gutachten ab. Und was Frau Grässle anbelangt… Das wäre doch gelacht, wenn wir die paar Problemchen nicht bewältigen würden.“

Nein, er hatte dieses Geschäft nicht gemeinsam mit Corinna aufgebaut um es von einer fixen Idee in Bezug auf eine bekloppte alten Dame sabotieren zu lassen. Darum musste er zunächst einmal herausfinden, was hier gespielt wurde.

Urboros!

Das war möglicherweise ein Schlüssel, den er schon viel früher als solchen hätte erkennen sollen! Mit einer Tasse Kaffee und einer Zigarette im Mundwinkel klemmte er sich hinter sein Laptop.

Etwa eine halbe Stunde herrschte Schweigen. Corinna döste ein wenig vor sich hin während Steffen das Netz der ungeahnten Möglichkeiten nach etwas Brauchbarem durchforstete. Schließlich riss er sie aus dem Halbschlaf.

„Sag mal, außer *Urboros* hat unser Godot doch noch anderes Kauderwelsch abgesondert. Weißt du das zufällig noch?"

„Hmmm, irgendwas von *Nuk* und *Geb* oder so…"

Steffen tippte, überflog diverse Seiten, tippte wieder, zündete sich die dritte Zigarette an und klickte sich durch das Netz.

„*Nug* und *Yeb* waren das nicht zufällig?" meinte er schließlich mit gerunzelter Stirn.

„Sie haben doch nicht womöglich den Gral gefunden, Professor Langdon?" fragte Corinna interessiert.

„Nee", Steffen lehnte sich zurück und zog an der Zigarette. „Aber doch was ziemlich Interessantes: Also diese Nug und Yeb stammen aus der Feder von H. P. Lovecraft. Es wundert mich eigentlich, dass ich nicht schon viel früher darauf gekommen bin. In meiner Jugend habe ich diese ganzen alten Grusler um irgendwelche Buchstabensalatgötzen wie *Cthulhu* nämlich geradezu verschlungen."

„Lovecraft, natürlich! Dann hat Frau Grässle einfach nur Quatsch geredet?" fragte Corinna und fasste sich an die Stirn. Natürlich kannte auch sie einige der Geschichten um die Großen Alten, die irgendwann durch Raum und Zeit auf die Erde gesickert waren um nun in alten Städten unter dem Meer auf ihre Rückkehr zu lauern.

„Naja, soweit ich das hier recherchieren konnte sind Nug und Yeb Fiktion. Allerdings stehen sie scheinbar in Zusammenhang mit Nut und Geb aus der ägyptischen Mythologie. Ebenfalls ägyptischen Ursprungs ist übrigens auch Urboros der Wurstli. Allerdings heißt das Viech korrekt *Ouroboros.*"

„Hm, aber warum textet uns eine Landfrau von der schwäbischen Alb mit irgendwelchen antiken Götzen zu?" murmelte Corinna.

„Da bin ich mir noch nicht so sicher. Aber erinnerst du dich noch an die Diskussion mit den Finks über die Gemälde von Escher?"

„Klar, das war ziemlich interessant!"

„Dieser Ouroboros ist nämlich auch so eine Art Symbol für die Unendlichkeit. Zwar kein Möbiusband, aber dargestellt wird er oder es als eine Schlange, die sich selbst in den Schwanz beißt."

„So wie die Midgardschlange?"

„Jap, genau so. Nut hingegen ist eine Himmelsgöttin und Geb ein Erdgott. So gesehen macht das Ganze sogar irgendwie Sinn: Himmel und Erde, von der Unendlichkeit umschlossen."

„Oder einfach Mann und Frau von der Schlange

eingekreist." Corinna schauderte.

„Ziemlich gruselig, was?" meinte Steffen. „Aber das Beste kommt erst noch. Diesen Ouroboros gibt es auch in der Psychologie. Dort steht er für – moment…" er sah die Seite durch und zitierte: „frühkindliche Entwicklungsphase, in der noch nicht zwischen Innen- und Außenwelt unterschieden wird. In dieser Ouroboros-Phase gibt es auch noch keine Geschlechtsidentität."

„Also kein Nug und Yeb, oder wie?"

„Stimmt!"

Corinna grübelte. „Das könnte ihr ständiges *des ben i!* erklären. So als eine Art Abgrenzung oder Selbstbehauptung. Aber wie passt dann Wurstli und der Mann selig ins Bild?"

„Ich habe keine Ahnung!" gab Steffen zu. „Aber ich glaube, wir sollten versuchen, mehr über Frau Grässlich herauszufinden."

Am folgenden Tag telefonierte Steffen mit Herrn Schmidt. Er fragte ziemlich barsch, was denn nun mit den überfälligen Steuererklärungen sei.

„Na ick wusst ja nischt ob de die noch haben willst?" nuschelte es aus dem Hörer.

„Ja selbstverständlich will ich die haben! Ich zahle mich hier ja sonst noch um Kopf und Kragen. Wie kommen Sie überhaupt auf so was?" erwiderte Steffen lautstark.

„Nu ja, ick habe hier schon ziemlich lange offene Rechnungen zu liejen…"

Oh nein, die Rechnungen! Aber die hatte er doch schon längst überwiesen, oder etwa nicht?

„Was für Rechnungen denn?" hakte Steffen nach.

„Na für die letzten beiden Erklärungen, so Pi mal Daumen zweieinhalbtausend plus Zinsen." rechnete Schmidt.

„Und die habe ich nicht schon längst überwiesen? Ich dachte, dass das längst erledigt wäre." Steffen stöhnte. Wenn das tatsächlich noch nicht bezahlt war hätte er so langsam ein Problem. Diese Summe war momentan schlicht zu groß.

„Nä", erwiderte Schmidt. „Ick hab nur noch keine Mahnung jeschickt, weil ick mir schon dachte, dass de jerade etwas klamm in der Tasche bist, dich aber früher oder später melden wirst. Bin ja kein Unmensch." Klang da ein leiser Sarkasmus durch oder bildete Steffen sich das nur ein?

Er zündete sich eine Zigarette an und stellte einmal mehr fest, dass er viel zu viel rauchte und das mit Genuss nicht mehr viel zu tun hatte. Genuss, das war eine gemütliche Zigarre zu einem guten Spielfilm und nicht dieses gestresste Gepaffe.

„Herr Schmidt, ich will ehrlich sein", versuchte er zu verhandeln. „zweieinhalbtausend, das kann ich im Moment wirklich nicht bezahlen. Aber wenn die aktuellen Erklärungen fertig wären hätte ich diese lästigen Vorauszahlungen nicht mehr an der Backe, eventuell sogar eine Rückerstattung."

„Dat is ja noch jar nich sicher." belehrte ihn Schmidt.

„Okay, aber das wäre immerhin eine Chance…", versuchte es Steffen noch einmal.

„Nä," unterbrach ihn Schmidt. „Solange ick kein

Jeld sehe mach ick jarnischt."

Steffen biss sich auf die Lippen. Er atmete kurz durch. Ging es denn so in einer Tour munter fort?

„Gut, kann ich verstehen." antwortete er schließlich. „Könnten wir über eine Teilzahlung reden?"

„Klar, wenn de Jeld hast kannst mich jerne anrufen."

„Uff!" machte Steffen und ließ den Hörer auf die Ladestation plumpsen.

„Nicht gut?" fragte Corinna.

„Schlimmer." murmelte Steffen. „Ich geh' mal eben Brötchen holen.

Auf dem Weg zum Bäcker fielen ihm die zahllosen Ehemänner ein, die mal eben kurz Zigaretten oder sonst was (vielleicht auch Brötchen?) holen gegangen waren um auf Nimmerwiedersehen zu verschwinden und er musste trotz seiner düsteren Stimmung grinsen. Zwar würde er Corinna definitiv niemals so etwas antun, und außerdem, so schlimm war die Lage ja auch gar nicht, wenn er sich so vorstellte, wie schlimm es manche Familien erwischen konnte… Aber andererseits, die Verlockung, sich angesichts übermächtiger Probleme einfach so mir nichts, dir nichts, aus der Verantwortung zu stehlen war gar nicht mehr so schwer nachvollziehbar. Man trat einfach einen kleinen Schritt beiseite und die ganze braune Brühe aus der Jauchegrube traf die anderen.

Nichtsdestotrotz war er aus einem anderen Holz geschnitzt. Sein Vater, ein aufrechter Bauarbeiter durch und durch, hatte vielleicht einen für seinen Geschmack etwas zu feinsinnigen Schöngeist großgezogen, aber gewiss keinen Drückeberger, der beim ersten Anzeichen von Schwierigkeiten mit eingeklemmtem Schwanz davonlief.

Mit einer kleinen Papiertüte beladen – drei Brezeln und zwei Briegel – stand er kurze Zeit später etwas verdutzt in der Mittelbachgasse. Wurde er etwa schon dement? Er war tatsächlich an seinem eigenen Laden vorbeigelaufen. Ratlos blickte er sich um. Das kleine Fachwerkhaus war wie vom Erdboden verschluckt.

Das konnte doch nicht sein, Häuser verschwanden doch nicht einfach. Kopfschüttelnd kniff er die Augen zusammen.

Doch klar, dort hinten stand es doch, zwischen „Micheles Pizza" und dem Blumenladen. „Aha", meinte er finster.

„Hallo Herr Waidmann!" Die fröhliche Stimme gehörte zu einem großgewachsenem weißhaarigen Mann mit einem Schnurrbart, der Friedrich Nietzsche alle Ehre gemacht hätte.

„Oh, hallo Herr Scheuerle!" erwiderte Steffen den Gruß. *Der auch noch!* sprach er natürlich nicht aus.

Scheuerle gehörte zu den Menschen, die ständig über Politik schwadronierten ohne davon die geringste Ahnung zu haben, sich gleichzeitig aber zum Bundeskanzler berufen fühlten. Zumindest so lange es in Deutschland noch kein höheres politisches Amt gab. Wobei man im Fall von Herrn Scheuerle Gott und allen Heiligen danken musste, dass er sich lediglich mit einigen braun angehauchten Säufern im Gasthof „Goldener Hirsch" traf und nicht tatsächlich in die Politik gegangen war. Denn Scheuerle war überaus begeistert von Lagern. Für gewöhnlich kam er auch relativ schnell auf dieses Lieblingsthema zu sprechen und dann wurde aufgelistet, wen er alles in Lager stecken würde wenn er an der Macht wäre. Natürlich keine Konzentrationslager, denn er war ja kein Nazi. Aber Lager mussten es schon sein.

„Ganz schön starkes Stück, was sich diese Mulatten da wieder geleistet haben." stellte Scheuerle fest.

„Wieso, was war denn?" fragte Steffen, dem irgendwelche Mulatten, Batschaken, Kanaken, Zigeuner, Neger oder was es sonst noch an Schimpfwörtern gab, momentan eigentlich herzlich egal waren.

„Haben Sie noch nicht das Behlener Tagblatt gelesen?"

„Öhm, nein, ich hatte heute Morgen noch keine Zeit."

„Das müssen Sie nachholen. Stellen Sie sich vor, Massenschlägerei in der Diskothek mit acht Verletzten." Scheuerle war empört. „Das sind langsam Zustände wie in Tschetschenien!"

„Naja, Krieg stelle ich mir dann doch noch ein wenig anders vor." Merkte Steffen an.

„Aber viel fehlt nicht mehr. Das kann man alles nachlesen."

(Beim Kopp-Verlag)

„Ich sage Ihnen, wäre ich in diesem Lande an der Macht, dann würde ich…"

„… alle in Lager stecken!" ergänzte Steffen.

„So ischt es!" Scheuerle verringerte die Distanz. Das war auch so eine Unart, wenn er anfing über seine Lager zu sinnieren rückte er dem Gesprächspartner ziemlich dicht auf die Pelle.

„Ich bin kein Nazi, aber Arbeitslager, das wäre die Lösung. Dann könnten diese Kerle mal was schaffen!"

„Naja, ich würde nicht gerne in einem Land leben, in dem man Leute in Lager steckt." Konterte Steffen.

„Ja aber doch keine solchen Lager! Ich meine Arbeits- und Erziehungslager, wo man diesem ganzen Pack deutsche Manieren beibringt. Wir sind uns doch einig, dass unser Justizsystem viel zu lasch ist. Diese Kerle spazieren doch bestenfalls mit einer Jugendstrafe aus dem Gerichtssaal."

(Und an allem sind die Rothschilds schuld, jaja…)

„Außerdem sollten ja dann nicht nur Mulatten ins Lager, sondern alle Kriminellen."

(Wie wär's mit einem Schluck Lagerbier?)

„Und wem es hier nicht gefällt: ab in Heimat! Wenn ich mir die Vernegerung Deutschlands so ansehe…"

Ok, das war dann eindeutig genug für heute. Man

konnte so kulturpessimistisch sein wie man wollte, aber um diesem Nichtnazi weiter mit seinen Lagern und der Vernegerung zuzuhören war Steffen die Zeit zu schade.

„Stammt diese Sache mit der Vernegerung nicht von Hitolf Adler?" fragte Steffen lachend.

„Äh, von wem?" Scheuerle blickte erstaunt.

„Schon okay, ich muss dringend weiterarbeiten. Wir reden demnächst mal in Ruhe wenn Sie wollen." verabschiedete sich Steffen möglichst diplomatisch.

„Aber gerne. Wir haben ja einen Stammtisch, jeden Mittwoch im *Goldenen Hirsch.* Da können Sie gerne dazukommen."

„Wenn meine Frau mich rauslässt gerne. Nen schönen Tag noch." Natürlich würde er es nicht einmal in Erwägung ziehen, sich in einer üblen Spelunke, denn das war der „Goldene Hirsch", beim Lagerbier zum Lagerleiter und seinen Capos zu gesellen um dort über Vernegerung zu debattieren.

Gott hat schon einen mächtig großen Zoo, dachte er bei sich.

Dem Lager und der Vernegerung entkommen betrat er seinen Laden und fragte Corinna: „Sag' mal, war Frau Grässle wieder hier?"

„Ja, hat aber wieder nur kurz reineguckt. Warum?"

„Weil ich den Laden nicht mehr gefunden habe." Steffen packte einen Briegel aus und knabberte daran herum. Corinna hasste diese Dinger, da sie

Ihrer Meinung nach die Haut am Gaumen zerkratzten. Nun, wenn ein Briegel zu hart war konnte das tatsächlich unangenehm sein, aber der hier war ofenfrisch.

„Ich möchte nur wissen, wie die alte Hexe das macht!" fragte er sich kauend. Wobei das nicht ganz den Kern der Angelegenheit traf. Die Frage war wohl eher, warum! Seines Wissens hatten sie doch niemandem etwas angetan. Er leistete überdurchschnittlich gute Arbeit zu mehr als fairen Preisen und auch die bei Großhändlern besorgte Ware kalkulierten sie sehr behutsam. Sie hatten noch nie jemanden übers Ohr gehauen, Herrgott, sie waren noch nicht einmal eingebildet oder gar unfreundlich. Wenn er daran dachte, wie manche seiner Berufskollegen die Kundschaft abkanzelten nur weil diese beispielsweise zu billige Schuhe trug…

„Hat Frau Grässlich eigentlich jemals erwähnt, wo genau sie wohnt?" fragte er Corinna.

„Nicht so richtig, irgendwo etwas außerhalb, ich schätze mal auf einem Bauernhof oder so." überlegte Corinna. „Du willst sie doch nicht etwa besuchen?"

„Wo denkst du hin!" lachte Steffen. *Vielleicht mit einem Baseballschläger…* dachte er bei sich, sprach es aber nicht aus. Wurde er langsam paranoid? Fing es auf diese Weise bei Leuten an, die plötzlich scheinbar ohne Grund loszogen und irgendwelche Menschen ermordeten? Irgendwo hatte er einmal über diesen „Son of Sam", Berkowitz oder wie er noch gleich hieß, gelesen, dass dieser behauptet hatte, sein Nachbar wäre der Teufel und dessen Hund hätte ihm die Morde befohlen. Ob der Name des Hundes wohl Wurstli war?

V

Tags darauf erschien der Gutachter im Laden und stellte, während er sich den Regen aus dem Mantel klopfte fest, dass der Laden der Waidmanns aber gut versteckt sei. Er wäre mehrfach daran vorbeigelaufen und schließlich nur zufällig darauf gestoßen. Steffen und Corinna waren nicht überrascht.

„Ahja, das ist ja mal ein wirkliches Prachtstück hier!" bemerkte Herr Schmalzried. Er war ein hagerer Mann mit Vollbart und asthmatischer Stimme, der Unmengen an Kaffee vertilgte. Bevor er überhaupt einen Blick auf das Collier geworfen hatte war er bereits bei der dritten Tasse angelangt.
Nun klemmte er eine kleine Uhrmacherlupe ans rechte Auge und begutachtete das Stück intensiv.
„Aha, also ich muss sagen, die Fasserarbeit hier ist wirklich exzellent, vor allem an dieser verzwickten Stelle hier. Sowas bekommt nicht jeder Fasser hin."
Voll des Lobes gutachterte der Gutachter noch eine ganze Weile. Dabei machte er umfangreiche Notizen, ließ sich erklären, dass die Steine von den Gerbalds angeliefert wurden und darum beim

Verkaufspreis natürlich nicht berücksichtigt werden durften und stellte einige Fragen zum Guss. Schließlich wog er das Stück.

„Und das Stück ist nachgemacht?" fragte Schmalzried und nippte an der vierten Tasse Kaffee.

„Ja", gab Steffen unumwunden zu. „Allerdings habe ich natürlich entsprechende Änderungen vorgenommen damit mir keiner mit Plagiatsvorwürfen daherkommt. Diese Änderungen waren mit den Gerbalds abgesprochen."

„Sie haben nicht zufällig ein Bild des Originalstücks da, oder?"

Steffen kramte den französischen Prospekt aus dem Schreibtisch. Den hatte er selbstverständlich zuerst als Vorlage benötigt und anschließend vorsorglich aufgehoben.

Schmalzried verglich das Foto mit dem Collier.

„Also ich muss nochmals sagen, wirklich eine exzellente Arbeit. Und durch die Änderungen meiner Ansicht nach absolut rechtssicher. Ich muss das zwar jetzt alles noch einmal in Ruhe durchrechnen und dann ausführlich ausformulieren, aber ich würde sagen, so runde fünfunddreissigtausend dürften wohl dabei herauskommen. Höchstwahrscheinlich sogar mehr."

„Das klingt ja mal gar nicht so übel." meinte Steffen. „Ich habe insgesamt 38.000 Euro berechnet weil ich wegen des völlig missratenen Gusses einen Haufen Ärger hatte. Wenn sie beispielsweise hier genau hinschauen…", Steffen zeigte dem Gutachter die betreffende Stelle, „…das hier war eine Luftblase, die ich nachträglich so in Form gefeilt habe, dass sie sich harmonisch in das Korallenmuster einfügt."

Schmazried blickte durch seine Lupe. „Ja, genau so muss Schmuck sein! Man findet nirgends einen Grat oder sonst eine Unebenheit, die nicht wie gewollt wirkt."

Steffen war zufrieden. Wenigstens dieses Problem war damit geritzt.

Dafür ging Frau Grässlich nun dazu über, pünktlich alle drei Tage kurz zum Laden hereinzuspucken. Sie spuckte zwar nicht wirklich, aber anders konnte man dieses spöttische Hereinlugen zum Türspalt einfach nicht nennen.

„Ja Grüß Gott Frau Waidmann! Ich bin nur kurz und muss auch gleich!"

Das war zwar besser als das Kochrezept für gedünsteten Wurstli mit Schattenmorellen, doch die Wirkung war verheerend. Die Waidmanns hatten nun einen Monat lang überhaupt keine Umsätze. Nada, nichts, nicht einen roten Heller! Und wie zum Hohn durften sie die Post bei den Nachbarn abholen.

Wo Corinna mit depressiven Anwandlungen auf diese so langsam aber sicher bedrohlich werdende Situation reagierte, verspürte Steffen nur noch maßlose Wut. Brauchte er noch den geringsten Beweis, dass Frau Grässle, dieser widerliche, einem Stück von Beckett entsprungene Kobold, damit zu tun hatte, dass die Leute wegblieben? Nein. Das lag faktisch auf der Hand. Was ihn aber restlos auf die Palme brachte war, dass er keine Ahnung hatte, wie er diesen Spuk beenden sollte.

Wenn er sich nachts schlaflos im Bett herumwälzte weil er sich langsam aber stetig vermehrende Rechnungen mit nichtvorhandenen Einnahmen verglich, drängte sich ihm immer öfter eine Szene auf, in der Frau Grässlich ihren Borstenkopf zur Türe hereinstreckte und nur bis „Grüß Go-" kam, weil ihr ebendieser Kopf von einem Schuß mit der Pumpgun in einer roten Wolke von den Schultern gerissen wurde. Schnitt. Steffen und Corinna stehen über der grässlich zugerichteten, noch ein wenig zuckenden Leiche, der in großen Fontänen das Blut aus dem Halsstumpf spritzt. Steffen bemerkt „Gott vergibt, wir nicht!" und zieht Corinna zu einem innigen Kuss an sich. Ausblenden. Es folgt der Abspann mit einem Song von Slayer, im Kino gehen die Lichter an und die Realität hat uns alle wieder.

Eine Realität ohne Urboros, Wurstli und selige Männer, in der man ein Ladengeschäft betreiben und auch davon leben kann.

Dumm nur, dass die Realität so nicht war. Statt des großen Drachentöters mit der Pumpgun war er inzwischen noch nicht einmal mehr ein stolzer Geschäftsmann. Ja selbst als Goldschmied und Designer brachte er es momentan nicht allzu weit. Stattdessen rechnete er mit ständig flauerem Gefühl im Magen nach, wie das

Weihnachtsgeschäft ausfallen musste wenn sie
nicht mit einem dicken roten Minus auf dem
Konto ins nächste Jahr gehen wollten. Außerdem
hatte er sich von Schmidt wie ein Bittsteller
abfertigen lassen und zu allem Überfluss kam
demnächst ein weiteres Wiedersehen mit Brüstle-
Heck und den Gerbalds auf ihn zu. Wobei
wenigstens in diesem Fall die Chancen gar nicht
mal so schlecht standen, mit wenigstens ein klein
wenig Gewinn aus der Sache hervorzugehen.
Und was diese grässliche Grässle anging… da
hatte er plötzlich einen Geistesblitz.
Gleich morgen früh würde er Petra anrufen!

VI

Corinna hatte derweil jede Menge Spaß mit Herrn
Karamanlis. Zwar war dieser alte griechische
Säufer gemessen an ihren restlichen Problemen
im Grunde genommen nur eine Randnotiz, aber
gerade aufgrund der ohnehin schon sehr
angespannten Situation gewissermaßen noch das
Tüpfelchen auf dem I, das das Gesamtbild äußerst
unschön vervollständigte.
Natürlich machte er sich nach wie vor einen Jux
daraus, mucksmäuschenstill auf der Toilette zu
hocken um mit einer lautstarken
Schimpfkanonade loszulegen, sobald Corinna
nichtsahnend die nur angelehnte Tür öffnete.
Corinna wusste genau, dass der alte Zausel das
mit Absicht machte, denn die Treppe im Hausflur
knirschte und knarzte so geräuschvoll, dass selbst

der andächtigste Kacker das hören musste wenn jemand in den ersten Stock hinaufstieg.

Und wenn Karamanlis einmal wider erwarten doch nicht auf dem Locus lauerte hatte er zumindest großzügige Geschenke hinterlassen.

Corinna hatte es satt! Sie hatte es satt, regelmäßig die Häufchen dieses alten Dreiviertelpenners hinunterzuspülen! Sie hatte dieses ganze enge, kalte und baufällige Klo satt! Im Grunde genommen hatte sie eigentlich das ganze Geschäft und alles was damit zusammenhing satt!

(„Du solltest dich scheiden lassen!")

Hatte ihr Vater mit seiner wenig optimistischen Prognose am Ende Recht behalten? Arbeiteten sie und Steffen tatsächlich mehr oder weniger unbewußt auf eine eidesstattliche Versicherung hin und brachte Karamanlis sie deshalb so auf Palme, weil er ihr gewissermaßen ihre wenig erbauliche Zukunft vor Augen führte? Als verkrachte Existenz in einer zugemüllten Bude zu hocken und sich als Highlight des Tages notieren zu können „Heute wieder erfolgreich den Scheißhausbutzemann gespielt"?

Und über allem der erhobene Zeigefinger ihres Vaters, der all dies vorhergesehen hatte.

(„Du solltest dich scheiden lassen!")

Nein, diesen Triumph würde sie weder ihrem Vater noch Frau Grässle gönnen! Und schon gar nicht würde sie sich länger mit Karamanlis herumärgern! Diese alte Wutz hätte man von Anfang an zur Räson bringen sollen! Schon im ersten Sommer!

Dieser war erstaunlich trocken und schwül und nur mit Unmengen von Mineralwasser zu überstehen gewesen. Um die Getränke wenigstens einigermaßen kühl zu halten hatte Corinna sich darum erlaubt, einige Flaschen im Hausflur abzustellen, denn dort wurde es aufgrund fehlender Fenster nicht gar so heiß wie im Büro, ganz zu schweigen vom Verkaufsraum, der durch die Beleuchtung noch zusätzlich aufgeheizt wurde. Dies erwies sich jedoch als schlechter Einfall, denn ehe sie sich's versah waren die Flaschen angebrochen.

Hätte Karamanlis einfach eine Wasserflasche stibitzt wäre es ihr ja egal gewesen, aber der Schuft schien sich einfach nur einen Schluck genehmigt zu haben um die Flasche danach wieder zuzuschrauben und hinzustellen. Corinna drehte sich selbst heute noch der Magen um bei der Vorstellung, aus Versehen aus der gleichen Flasche zu trinken wie dieser zahnlose Kerl mit seiner Bierfahne.

Dieses Spiel hatte sich noch einige Male wiederholt bis Corinna schließlich darauf verzichtete, ihre Getränke kühl zu lagern. Um des lieben Friedens willen verzichtete sie auch darauf, Karamanlis zur Rede zu stellen. Letztlich war er ja auch irgendwie ein bemitleidenswerter armer Teufel. Aber eben ein armer Teufel, der die Leute erschreckte und verdreckte Toiletten hinterließ. Und neuerdings statt des üblichen Schlafanzugs eine urinfleckige lange Feinrippunterhose zu vergammelten Arbeitsschuhen trug, obwohl er mit seinen schlaffen Specktitten im freien Oberkörper alles andere als souverän aussah.

Auf einer rein metaphorischen Ebene passte er so allerdings bestens zu diesem dreisten Rechtsanwalt Brüstle-Heck, dachte Corinna bei sich und betätigte die Spülung, um die analen Hinterlassenschaften des Herrn Karamanlis auf ihre Reise durch die behlener Kanalisation zu schicken.

VII

„Mein lieber Schwan, da hast du dir aber mal was zusammengemischt…"

Petra brütete über dem ausgebreiteten Deck Kipperkarten.

„Nicht gut?" fragte Steffen zaghaft.

Er hatte seiner ehemaligen Klassenkameradin lediglich einige kryptische Andeutungen darüber gemacht, weshalb er ihren Rat benötigte und sie hatte auch so wenig Fragen wie möglich gestellt, um möglichst unvoreingenommen an den Fall heranzugehen und das Kartenbild nicht zu verzerren oder sich in der Deutung zu sehr auf ein bestimmtes Thema zu versteifen.

Dass ihm Petra überhaupt eingefallen war konnte allerdings nur als Glücksfall bezeichnet werden. Zwar hatte Steffen Esoterik bisher bestenfalls als Mumpitz betrachtet, als den Stoff, aus dem Gruselgeschichten gestrickt wurden oder mit dem man ohnehin schon verzweifelten Menschen die letzten Euros aus der Tasche lockte. Aber da diese Grässle-Situation seiner Einschätzung nach eindeutig nicht mit rechten Dingen zuging, musste er einfach davon ausgehen, dass unter Umständen auch an Hellsehern, Kartenlegern und Wurzelwerfern etwas dran war. Wobei Petra selbstverständlich nicht versuchte, die Zukunft aus irgendwelchen getrockneten Hartwurzeln zu deuten und auch ansonsten nicht dem Klischee der wunderlichen Esoteriktante entsprach. Statt einer Kräuterduft und Kampfer verströmenden Zigeunerin mit Kristallkugel saß ihm hier an einem gemütlichen Esszimmertisch eine zierliche, gepflegte Blondine in lässigen Jeans und einem schwarzen Strickpulli gegenüber, die eine erstaunlich rationale Sichtweise auf das Legen von Tarotkarten hatte – sofern man sich eben mit dem Grundgedanken anfreunden konnte, dass diese bunten Bildchen überhaupt etwas aussagen konnten.

„Also", nachdem sie die Karten einige Zeit eingehend studiert hatte, tippte sie auf eine. „Das hier ist die Hauptperson, also du. Du scheinst mächtige Probleme zu haben mit einer Amtsperson." Sie tippte auf eine Karte, die einen militärisch gekleideten Mann abbildete. „Außerdem steht hier noch das Gericht und der Diebstahl direkt nebeneinander."

Steffen schnaubte. „Stimmt. Ich habe Ärger mit dem Steuerberater und demnächst eine Gerichtsverhandlung gegen ein paar Preisdrücker. Ich schätze aber, dass der Spuk demnächst vorbei sein wird."

Petra schüttelte den Kopf. „Tut mir Leid, aber so wie es aussieht steckst du da mitten in etwas drin, das erst noch so richtig in Bewegung kommt."

Steffen schwieg. Er wollte schon alleine aus dem Grund, dass er noch immer skeptisch war, nichts vorwegnehmen.

„Weißt du, hier liegt das volle Programm, Traurige Nachricht, Kummer und Widerwärtigkeiten, Trübe Gedanken und das Gefängnis, das liegt alles auf dem langen Weg. Das heißt jetzt nicht dass du ins Gefängnis kommst", achte sie beim Anblick von Steffens erschrockenem Gesichtsausdruck. „Das Gefängnis zeigt aber an, dass du von allen Seiten eingeengt bist und dich nicht mehr frei entfalten kannst. Und der lange Weg bedeutet einen längeren Zeitraum, möglicherweise Jahre."

„Na toll!" antwortete Steffen säuerlich. „Dann geht der Zirkus also so weiter, oder wie?"

„Also um ehrlich zu sein werde ich einfach nicht ganz schlau draus…" Petra zählte einige Karten von oben nach unten durch und danach nach einem für Steffen nicht ganz nachvollziehbaren System querbeet.

„Es ist einfach merkwürdig", einte sie schließlich. „Ich habe hier auch eine ganze Menge gute Karten. Das große Glück, hohe Ehren, usw. Aer so wie es aussieht sind die alle blockiert."

„Von wem? Von diesem Kasper in der Uniform?" Steffen blickte ratlos auf das Kartenbild, das er da gemischt hatte. Petra hatte den Stapel Kipperkarten lediglich aufgedeckt, es war also sein ganz persönliches Bild, das nun von ihr interpretiert wurde.

„Nein. Der Kasper wäre für sich alleine genommen völlig harmlos." Sie blickte ihn forschend an. „Hast du Stress mit Corinna?"

Steffen schüttelte den Kopf. „Die leidet unter dem ganzen Ärger, ja. Aber wir haben deswegen keine Eheprobleme."

„Okay. Ich habe hier aber die *Falsche Person* direkt auf der Ehestandskarte sitzen und egal wie ich das Gesamtbild abzähle hat diese falsche Person auch auf allen anderen guten Karten den Daumen drauf."

Steffen wollte protestieren, aber Petra unterbrach ihn: "Corinna ist selbstverständlich nicht diese falsche Person. Aber wer immer das ist hat sich verdammt gut in deinem Kartenbild versteckt. Jedenfalls bist du regelrecht eingekreist oder fremdbesetzt…"

(eingekreist vom Ouroboros)

„…so dass Geschäft, Ehe, Glück und so weiter zwangsläufig den Bach runter gehen werden."

Steffen lachte verzweifelt. Ein sehr kläglicher und hilfloser Laut.

„Mal sehen…" Petras blaue Augen wanderten über das Kartenbild. „Aha! Wirklich gut versteckt, das muss man ihr lassen! Fast wäre ich auf die Finte reingefallen und hätte Corinna als die Falsche Person gelesen."

Petra lehnte sich zurück, sie war plötzlich bleich.

„Jungejunge, ganz schön perfide. Unter Umständen hätte ich jetzt womöglich mit dieser

Vermutung sogar noch einen Keil zwischen euch beide getrieben. Wer immer *das* hier auch ist", damit tippte sie auf eine Karte, „die beherrscht ihr Spiel!"

Steffen verdrehte ein wenig den Hals um die von seinem Platz aus auf dem Kopf stehende Karte genauer anzusehen. Sie zeigte eine Frau in einem blauen Kleid und war als *Gute Dame* gekennzeichnet. Ihn fröstelte.

„Damit bestätigt sich mein Verdacht." stellte Steffen fest.

„Könnte das eventuell deine Schwiegermutter sein?" rätselte Petra, verwarf diesen Gedanken aber sofort wieder.

Steffen rieb sich die Stirn. „Wenn es so einfach wäre! Ich schätze mal, das ist Frau Grässle."

„Die Frage ist nur, wie werde ich die am schnellsten los bevor sie noch mehr Schaden anrichtet?"

Diese Frage stellte Steffen, nachdem er Petra eine Kurzzusammenfassung der letzten Jahre geschildert hatte.

„Das kann ich dir anhand deines Kartenbildes leider nicht sagen." Petra studierte die bunten Bildchen nochmals eingehend. „Aber wenn ich das hier richtig deute gibt es die Chance auf einen Neubeginn. Die Veränderung liegt jedenfalls hier direkt neben dem Todesfall."

Steffen ging einmal mehr die kurze Splatterszene durch den Kopf, in der der selbstgerecht grinsende Kopf von Frau Grässle in einer roten

Wolke explodierte.

„Juwelier erschießt Rentnerin" lächelte er finster.

„Ach Quatsch!" winkte Petra ab. „Der Todesfall bedeutet nur, dass etwas endet. Das wäre in deinem Fall diese Fremdbesetzung durch die Gute Dame. Und diese Entscheidung steht zeitlich noch vor dem langen Weg, das bedeutet meiner Ansicht nach, dass du alles noch abwenden kannst."

„Ok, aber wie bitteschön soll ich diese Gute Dame – viel eher diesen bösen Geist von meinem Laden fernhalten. Die kommt ja im eigentlichen Sinne nicht einmal herein sondern macht nur kurz die Tür auf und lässt ein Säckchen voll Unheil fallen!" Steffen war ratlos.

Petra überlegte.

„Also, ich bin lediglich Kartenlegerin und kein Okkultismusexperte. Aber so wie du mir die Geschichte erzählt hast klingt es plausibel, dass ihr und euer Laden behext werdet. Und das nicht morgens früh um sechs von Bibi Blocksberg sondern von etwas ziemlich Schwarzem, das euch die Existenz vernichten will. Nicht mit einem Knall, sondern leise und schleichend, wahrscheinlich noch jahre- oder schlimmstenfalls jahrzehntelang."

„Das sind ja allerliebste Zukunftsaussichten." Bei der Vorstellung, bis zur Rente in einem Laden mit bestenfalls sporadischer Kundschaft vor sich hinzuvegetieren, ab und zu aufgelockert durch irgendwelche Rechtsstreitigkeiten oder gar eine unter solchen Umständen höchst wahrscheinliche

Ehekrise, wurde ihm schlecht.

„Was ihr braucht ist meines Erachtens so eine Art Schutzkreis oder ein Gegenzauber. So wie diese Grässle einen Bann auf den Laden legt müsste man also etwas finden, womit man den Spuk wieder neutralisieren kann." grübelte Petra.

„Weißt du was? Ich telefoniere mal ein wenig herum. Ich kenne da nämlich ein paar Leute, die mehr Ahnung von solchen Sachen haben."

„So lange das keine Wurzelwerfer oder sonstige Schwindler sind ist mir alles recht." meinte Steffen.

„Ich habe da eher an diese kleine Dicke aus dem Film *Poltergeist* gedacht." lachte Petra.

„Wurzelwerfer! Wie kommst du denn auf so was?"

Als er den Mercedes auf dem Parkplatz hinter dem Laden abstellte kam Signore Soavi von „Micheles Pizza" auf ihn zu.

„Ah Signore Waidmann! Wie geht's? Alles klar?"

„Hallo Signore Soavi! Man lebt eben so vor sich hin. Und Ihnen?"

„Danke!" nickte Soavi. „Aber ich habe ein kleines Problem. Dario hat mir vorhin diese Bierbänke angeliefert, aber mein Keller ist voll und mein Sprinter ist in der Autowerkstatt. Vor Übermorgen kann ich die Dinger darum nicht zu mir nach Hause in die Garage schaffen und wenn ich die hier draußen stehen lasse werden sie mir doch sicher geklaut bei all dem Pack, das sich nachts in der Stadt herumtreibt."

„Das könnte sein." gab ihm Steffen recht.

„Du hast nicht zufällig noch ein wenig Platz? Nur bis mein Sprinter repariert ist." fragte Soavi.

„Wenn sie in den Hausflur reinpassen gern. Da steht soviel Dreck vom Karamanlis herum, wen stören da noch ein paar Schrannen?"

Karamanlis störten sie gewaltig.

Steffen stand mit einem Mann vom Amt für Denkmalschutz im Hausflur und schüttelte energisch den Kopf.

„Also bitte! Wie stellen Sie sich das vor? Diese Stahltür ist von der Versicherung vorgeschrieben!"

„Das mag ja sein", erwiderte der Mann beschwichtigend. „Der Fall ist nur so, dass uns mehrere Beschwerden vorliegen…"

Beschwerden! dachte Steffen wütend. *Beschwerden! Das ist doch wohl die Höhe! Mein Laden ist seit Wochen praktisch unsichtbar, so dass ich ihn selbst nicht mehr finde, und diesem Fritz hier liegen tatsächlich Beschwerden vor!*

„Wer hat sich denn beschwert?" erkundigte sich Steffen böse.

„Das dürfen wir aus Datenschutzgründen nicht herausgeben. Fakt ist jedenfalls, dass sowohl das Bau- wie auch das Denkmalamt aufgrund dieser Beschwerden nicht mehr länger beide Augen zudrücken können. So wie es aussieht, müssen Sie das Haus wieder in den Ursprungszustand zurückversetzen. Insbesondere diese Tür hier sowie die Markise…"

Die Markise! Oh ja, klar! Die verschandelt ja das historische Stadtbild!

Steffen holte Luft zu einer Entgegnung.

„Was solle diese?" ertönte es empört aus dem ersten Stock. (Da Karamanlis bestenfalls zwei Zähne hatte klang es eher wie ein dumpfes „Waffollediffe?")

Steffen verdrehte die Augen.

„Also vor allem die Markise ist unter denkmalschützerischen Gesichtspunkten…"

Karamanlis stürmte in seinen langen Feinrippunterhosen die Treppe herunter und deutete anklagend auf die Bierbänke von Signore Soavi.

„Die holt Signore Soavi morgen ab." erklärte Steffen genervt. Dann wandte er sich wieder dem Denkmalschützer zu: „Ohne diese Panzertür verliere ich meinen Versicherungsschutz. Haben Sie eine Ahnung, was ich da drinnen an Wertsachen herumliegen habe?"

„Foavi, pah!" Karamanlis spuckte aus. „Hier nikf Müllplaff!"

„Ich kann Sie ja durchaus verstehen, Herr Waidmann." Abschätzig betrachtete der Denkmalmensch den ungepflegten halbnackten Karamanlis in seinen Unterhosen. „Aber die Bestimmungen sind nuneinmal so."

„Aber eine Holztür tritt mir doch jeder Halbstarke ein!" protestierte Steffen energisch.

„Wann diffe weg?" empörte sich Karamanlis.

Steffen fuhr fort: „Da kann ich den Schmuck ja

gleich auf die Straße legen, damit…"

„Feiffdreck! Wann diffe Feiffe von Foavi…"

„Herrgott Karamanlis!" explodierte Steffen.

„… insbesondere die Markise stört das Gesamtbild der historischen Altstadt…"

„Diffe weg!" brüllte Karamanlis.

„Jaja, die historische Altstadt!" spottete Steffen. „Tolle Altstadt, mit einem einzigen popeligen Häuschen, das mehr als hundert Jahre alt ist. So überaus historisch! Aber meine Markise stört!"

„Diffe ftört!" Karamanlis stand mit weit von sich gestreckten Armen vor den drei Bierbänken als hätte jemand einen übelriechenden Eimer voll Abfall in die Ecke geleert.

„Herr Waidmann, bleiben Sie doch ruhig." versuchte der Amtmann zu beschwichtigen.

„Ich sag' dir was, Karamanlis!" Steffen hatte gar kein Interesse daran, ruhig zu bleiben. „Du störst! Du! Hier steht alles voll mit deinem Krempel, ich habe hier eine Auseinandersetzung mit diesem Korinthenkacker vom Denkmalamt und du führst hier einen Tanz auf wegen drei Schrannen die morgen sowieso wieder abgeholt werden. Seid ihr eigentlich allesamt des Wahnsinns?"

„Also das mit dem Korinthenkacker…" nun fuhr auch der Denkmalschützer zornig auf.

„Was?" giftete Steffen zurück. „Keine Sau außer euch Behördenheinis hat ein Problem mit dieser Tür und die Beschwerde wegen der Markise ist versuchte Geschäftsschädigung von irgendeinem krumm gebohrten Arschloch. Ich lasse mir doch nicht von euch auf der Nase herumtanzen!"

Simultan machte Karamanlis seinem Ärger auf griechisch Luft und schloss mit einem bekräftigenden „Feiffdreck!"

„…einstweilige Verfügung!" beendete der Mann vom Denkmalamt seinen energischen Vortrag.

„Sie drohen mir in meinem Laden nicht!" knurrte Steffen finster. „Gehen Sie doch und besorgen Sie sich Ihre einstweilige Verfügung."

„Wann diffe weg?"

„Genau das werde ich tun. Guten Tag, Herr Waidmann!"

„Jasiemichauch!" murmelte Steffen.

Ratlos mit dem zornesroten Kopf wackelnd stand Karamanlis noch immer vor den Bierbänken.

„Eines muss man diesen Behördenheinis lassen", Steffen knüllte den Brief zusammen und warf ihn in eine Ecke. „so langsam wie sie auch immer arbeiten mögen, wenn sie dich auf dem Kieker haben sind sie wieselflink."

„Na bei dem Geschrei, das ihr da gestern veranstaltet habt…" meinte Corinna.

Steffen atmete durch. „Mir ist eben einfach die Hutschnur geplatzt. Zum Glück ist Karamanlis nicht gerade der seriöseste Zeuge, sonst hätte ich jetzt vermutlich auch noch eine Anzeige wegen Beleidigung an der Backe."

Corinna stellte sich Karamanlis in seinen urinbefleckten Unterhosen im Zeugenstand vor und musste lachen. „Ohje, der würde bestenfalls dem Amtsrichter beim Klogang auflauern."

Steffen lachte nicht. „Aber unsere Markise

können wir wohl bis auf weiteres vergessen."

„Shit! Und die Panzertür?"

„Der Fall wird nochmals eingehend überprüft weil man unsere sicherheitsrechtlichen Bedenken noch nicht berücksichtigt hat. Wenn die auch weg muss können wir uns nach einem neuen Laden umsehen."

„Oh nein", klagte Corinna. „Noch mal einen Umzug, womöglich mit Umbau und dem ganzen Theater?"

Steffen zuckte die Schultern. „Wovon? Wenn sich nicht bald etwas ändert kann ich bestenfalls mit einem Berg von Schulden wieder irgendwo in einer Firma buckeln…"

VIII

Die kleine Dicke aus *Poltergeist* war groß und hager.

Wenigstens auf Petra war Verlass. Sie war ihre Kontakte durchgegangen und hatte schließlich eine Frau ausfindig gemacht, die sich auf Begehungen spezialisiert hatte. Corinna war äußerst skeptisch, hatte aber eingesehen, dass es den Versuch wert war. Außerdem fiel es ihrer Ansicht nach auch nicht mehr sonderlich ins Gewicht wenn sie für etwas spiritistischen Unfug ihre letzten Euros zum Fenster hinaus warfen.

Die Frau, die wie nicht anders zu erwarten das Geschäft der Waidmanns erst nach mehreren Anläufen gefunden hatte, wirkte seltsam eingeschüchtert und erklärte das mit energetischen Schwingungen aus dem negativen Spektrum.

„Mich wundert, dass Sie sich bei solchen Interferenzen überhaupt länger hier drin aufhalten können." stellte sie fest. „Hier stellen sich einem ja die Nackenhaare auf."

„Komisch", meinte Corinna, „also ich merke hier eigentlich nichts. Bis auf die fehlende Kundschaft zumindest."

Auch Steffen bemerkte, dass ihm das Geschäft im Großen und Ganzen völlig normal vorkam.

„Das liegt wohl daran, dass Sie sich während des Rituals innerhalb des Bannkreises befinden. Für die Menschen außerhalb dieses Kreises ist der Laden entweder schlicht und einfach nicht vorhanden oder er wirkt aktiv abstoßend." erklärte die Frau. „Sie müssen sich das vorstellen, als ob jemand eine Art Schleier oder Tarnnetz über dieses Haus legen würde. Das ist übrigens gar keine allzu schwere Übung, eine Bekannte von mir tarnt auf diese Weise ihr Auto wenn sie keinen vernünftigen Parkplatz findet."

„Das ist jetzt nicht Ihr Ernst, oder?" grinste Steffen.

„Oh, Sie wären erstaunt, was man mit Magie so alles anstellen kann." grinste die Frau zurück. „Sind Ihnen am Haus irgendwelche Markierungen aufgefallen? So etwas wie Gaunerzinken vielleicht?"

„Danach haben wir noch gar nicht geschaut." gab Corinna zu.

Nach kurzer Suche hatte die Frau insgesamt drei hauchfeine Ritzungen am Haus entdeckt. In der rechten oberen Ecke des Türrahmens, unter dem Schaufenster und an der rückwärtigen Hauswand. Insbesondere das Zeichen an der Rückseite bereitete ihr große Sorgen.

„Das ist merkwürdig. Am einfachsten ist noch das umgekehrte Trigramm am Türrahmen zu erklären. Dreiecke oder Trigramme stehen für die Macht auf allen drei Ebenen, also der physischen, astralen und mentalen. Das Dreieck, das kurz und bündig für Gott steht ist Ihnen ja sicher bestens aus biblischen Darstellungen bekannt. Dreht man es um kann es daher eine negative Macht darstellen."

„Erklärt das auch die Frist von drei Tagen?" fragte Corinna.

„Möglicherweise." antwortete die Frau.

„Und das unter dem Fenster?" erkundigte sich Steffen. „Sieht wie das kopfstehende Zeichen von Gandalf aus."

Die Frau lachte. „Tja, auch Tolkien hat geklaut. Das ist eine Feoh-Rune oder Fehu. Im Futhark, dem klassischen Runenalphabet, würde sie spirituellen Reichtum, also das Gemeinwohl repräsentieren. Also durchaus passend für eine Figur wie Gandalf. Doch auch sie steht auf dem Kopf. Damit wird in Ihrem Fall die Wirkung in ihr Gegenteil verkehrt und aus dem spirituellen Reichtum materielles Elend. Zu dem eingeritzten Zeichen an der Rückseite – das ist komplexer."

Sie überlegte einige Zeit.

„Wenn ich mich nicht irre steht dieses quadratische Ding für Nephthys. Das macht mir in diesem Zusammenhang mächtig Angst wenn ich ehrlich bin."

„Lassen Sie mich raten", sagte Steffen mit trockenem Mund. „Nephthys hat mit Ägypten zu tun, oder?"

„Selbstverständlich. Nephthys, Neb-Hut oder Nebet-Hut ist eine Göttin des Todes und der Geburt. Mir ist nur nicht ganz klar, was sie mit den anderen beiden Bannzeichen zu tun haben soll."

„Vielleicht sollten Sie wissen", erklärte Steffen, „dass diese Frau Grässle als sie noch ihre ausführliche Zaubernummer vorführte, noch andere ägyptische Namen erwähnte, allerdings ziemlich verballhornt. Urboros bzw. Ouroboros, und dann noch Nug und Yeb, beziehungsweise Nut und Geb."

Die Frau war außer sich. „Nut und Geb sagen Sie! Heilige Mutter Gottes! Nephthys gilt als Tochter von Nut und Geb!"

„Ja und was bedeutet das alles dann?" Corinna war nicht sicher, ob sie überhaupt eine Antwort auf diese Frage hören wollte.

„Das bedeutet, dass wir schnellstens handeln müssen! Diese Bannzeichen sollen jedenfalls nicht einfach nur Kunden abschrecken um Ihnen beiden finanziell zu schaden. Hier geht etwas viel größeres vor!"

„Ja aber was verdammt noch mal?" Steffen war einmal mehr ratlos. „Was soll dieser ganze Zirkus um irgendwelche altägyptischen Götter? Und was wollen die überhaupt hier auf der Schwäbischen Alb? Ich meine, das passt doch hinten und vorne nicht zusammen!"

Die Frau gab jedoch statt einer Antwort eindeutige Instruktionen. Zunächst mussten diese Symbole entfernt werden. Da sie eingeritzt waren ließ sich das allerdings nicht so leicht bewerkstelligen, alles, was Steffen und Corinna leisten konnten war, die kleinen Zeichnungen unkenntlich zu machen.

Anschließend brannte die Frau in einem kleinen Miniaturkohlebecken diverse Kräuter ab und marschierte mit diesem Weihrauch durch den Laden, das Büro und die Werkstatt.

Schließlich stieß sie ein sichtlich erschöpftes „Das war's!" aus.

„Ich hoffe, dass das was wir heute getan haben ausreicht." meinte die Frau.

„Nicht nur Sie." bekräftigten Steffen und Corinna.

„Was sollen wir eigentlich tun, sollte Frau Grässle das nächste Mal hier auftauchen?" erkundigte sich Corinna schließlich.

„Achten Sie darauf, dass sie keine Zeichen mehr anbringen kann. Und lassen Sie sie um Gottes Willen keine Beschwörungen mehr aufsagen. Ich gehe davon aus, dass der Schleier um Ihr Geschäft jetzt gelüftet ist und solange sie ihn nicht erneuern kann sollten die kurzen Besuche, die Sie mir beschrieben haben, jetzt völlig unschädlich sein. Ich gehe jedenfalls davon aus, dass das Wesen, das sich Frau Grässle nennt, früher oder später fernbleiben wird wenn es erkennt, dass wir den Zauber unterbrochen haben."

Das Wesen, das sich Frau Grässle nennt. Corinna schauderte. „Dann handelt es sich Ihrer Meinung nach gar nicht um eine alte Frau?"

„Wer kann das schon sagen? Behlen ist alt…"

Damit verabschiedete sich die hagere Frau ohne dass sie überhaupt ihren Namen genannt hatte.

„Denkst du, das war's?" fragte Corinna.

„Ich hoffe es." antwortete Steffen.

„Ich auch!"

IX

Das war es mitnichten, denn sonst stünde an dieser Stelle bestenfalls noch ein Epilog darüber, wie sich das Geschäft der Waidmanns wieder normalisierte, Steuerberater Schmidt auf wundersame Weise doch noch die längst überfälligen Steuererklärungen fertig stellte, das Finanzamt jede Menge Geld zurückerstattete und Corinna und Steffen - wenn sie nicht gestorben sind - noch heute glücklich in Behlen lebten und arbeiteten.

Dabei sah es einige Tage lang tatsächlich so aus, als ob die Begehung den unheimlichen Bann gebrochen hätte. Zwar stürmten die Kunden nicht gerade den Laden, aber zwei bis fünf verkaufte Stücke pro Tag summierten sich auch ganz ordentlich. Steffen überwies einige längst fällige Telefonrechnungen und verhinderte so die vorläufige Sperrung des Anschlusses. Zwar riefen nicht übermäßig viele Leute bei den Waidmanns an, aber ein dauerbelegter Anschluss wäre einfach zu peinlich gewesen. Außerdem war das Internet ganz nützlich wenn man gerade sonst nichts Wichtiges zu tun hatte (insbesondere während der grässlebedingten Kundenflaute hätte Corinna die Weiten des www nicht missen wollen).

Doch es kam noch besser, denn nach zwei Tagen meldete sich ein Herr vom Bauamt, dem wir schon etwas früher unter eher ungünstigen Vorzeichen begegnet sind.

„Stadtverwaltung Behlen, Bauamt, hallo Herr Waidmann."

Steffen verdrehte die Augen. Was war denn jetzt wieder?

„Herr Waidmann, äh, wegen der Markise…"

„Mein Gott! In dem Schreiben stand, dass ich zwei Wochen Zeit…" stöhnte Steffen.

„Deswegen rufe ich Sie ja an. Wissen Sie, ich habe einige Zeit über Ihre Argumentation nachgedacht und jetzt mal mit dem Oberbürgermeister darüber geredet. Jedenfalls, der OB und ich sind eigentlich der gleichen Meinung."

Steffen merkte auf. Das hörte sich ja auf einmal ziemlich vielversprechend an!

„Also, wenn wir uns die Bebauung in der Mittelbachgasse so ansehen, dann sind praktisch Sie der einzige, der keine Markise oder andere Werbemittel anbringen darf, und das kann es unserer Ansicht nach dann auch nicht sein. Außerdem ist der OB froh, dass nach über zwanzig Jahren überhaupt wieder ein Ladengeschäft dort drin und das Haus nicht mehr so ein leerstehender Schandfleck wie vorher ist. Er wird deshalb bei der nächsten Gemeinderatssitzung eine Neufassung der entsprechenden Verordnungen mit einer Ausnahmeregelung für die Mittelbachgasse vorschlagen weil man dort von einem historischen Stadtbild strenggenommen ja gar nicht mehr reden kann."

„Das klingt ja mal richtig gut." stellte Steffen fest. „Aber war ist mit dem Denkmalschutz?"

„Denkmalschutz und Stadtbild müssen Sie völlig isoliert voneinander betrachten. Solange Sie das Haus in der Bausubstanz nicht verändern, also beispielsweise unpassende Dachziegel draufmachen oder das Fachwerk ausbauen, spielt da eine Markise keine große Rolle. Das ist im Grunde genommen eine ähnliche bauliche Anpassung wie wenn Sie Stromleitungen verlegen oder andere für den Geschäftsbetrieb nötige Modernisierungen durchführen."

„Hm, gut, aber meine Panzertür stört das Denkmalamt ja scheinbar auch." meinte Steffen.

Der Mann vom Bauamt lachte am anderen Ende der Telefonleitung. „Ach, die Panzertür… Da war wohl einer etwas übereifrig. Ich bin zuversichtlich, dass die Sache ausgeht wie das Hornberger Schießen. Die Markise lassen Sie jetzt jedenfalls einfach mal wo sie ist bis der Gemeinderat entschieden hat. Ich melde mich dann wieder bei Ihnen."

„Vielen Dank!" verabschiedete sich Steffen erleichtert. Einen kurzen Moment lang sah er Licht am Ende des Tunnels.

Dann wurde es dunkel.

Corinna kämpfte mit einem Würgeanfall. Sie stand kurz davor, sich zu übergeben.
Karamanlis!
Karamanlis, diese alte Sau!
Die Toilette, die ohnehin noch keinen Tag einladend gewirkt hatte, sah aus als wäre ein Laster mit einer Fuhre Düngemittel explodiert. Irgendwie war es Karamanlis gelungen, das Klo nicht nur restlos zu verstopfen und sich daran anschließend zu diesem denkbar schlechtesten Zeitpunkt auf einmal wieder an die Wasserspülung zu erinnern, nein, er hatte es fertiggebracht, seine stinkenden Exkremente bis an die Decke zu verspritzen. Corinna wollte gar nicht wissen, welche Handlungen im Detail nötig waren, um eine derartige Schweinerei anzurichten.
Und anstatt diesen Stall zu säubern werkelte er nun geräuschvoll im Keller herum. Dort räumte er manchmal seinen Krempel planlos von hier

nach dort ohne dass dabei eine als solche erkennbare Ordnung entstand. Oder er hackte Brennholz, denn eine Zentralheizung gab es in seinem Teil des Hauses nicht. Nach Corinnas Ansicht war dies übrigens ein weiterer der inzwischen zahllosen inneren Widersprüche mit denen sie hier in der Mittelbachgasse konfrontiert wurden. Wenn diese alte Hütte tatsächlich so ein Juwel des Denkmalschutzes war, dass man sogar behördliche Bedenken wegen einer Markise vorbrachte - warum ließ man dann zu, dass ein seniler alter Sack der hart am Rande zur Zurechnungsfähigkeit vorbeigeschrammt war hier drin mit offenem Feuer hantierte? Der Kerl würde doch bestenfalls früher oder später die ganze Bude abfackeln!

Heute hackte er allerdings kein Holz sondern schuf allem Anschein und den Geräuschen zufolge das, was er für so etwas wie Ordnung und Sauberkeit hielt. Sofern er das überhaupt konnte. Vermutlich eher nicht. Lästig sein, Leute erschrecken und das Klo verscheißen, das war seine Domäne. Aber diesen Zahn würde sie ihm heute ein für alle Mal ziehen!

„Karamanlis!" rief sie. „Herr Karamanlis, kommen Sie sofort her!"

Zahnlos-empörtes Kauderwelsch war die Antwort, gefolgt von den Schritten schwerer Arbeitsschuhe, die die knarzende Treppe heraufstapften.

„Wafiflof?" fragte er und Corinna hielt die Luft an. Er trug seine alten Stahlkappenschuhe, ein offenes Pyjamaoberteil – und sonst nichts. Sie wusste nicht, ob sie lachen oder kotzen sollte. Der Kerl hängte hier tatsächlich seinen faltigen Schwanz heraus.

Karamanlis schien dieser Umstand allerdings nicht weiter zu kümmern, er brabbelte zornig auf Corinna los als hätte sie ihn gerade von einem wichtigen Deal an der Börse oder etwas Vergleichbarem abgehalten.

„Was ist das!" unterbrach sie ihn ungehalten und deutete in den jämmerlich besudelten kleinen Raum hinein.

„Pah!" schnaubte Karamanlis. „Mein Klo! Nikf dein!"

„Dass du dich da mal nicht täuscht! Wir bezahlen Miete dafür und darum wollen wir es auch benutzen. Es ist ja schon unverschämt genug, dass du mir hier entweder auflauerst oder deine kleinen Geschenke hinterlässt, aber *das* da geht mal überhaupt nicht!" Verstand er sie überhaupt? Egal, es musste einfach endlich einmal raus. „Ich habe das jedenfalls so langsam satt! Kapierst du das?"

„Ah, alte Flampe!" winkte Karamanlis verächtlich ab, kratzte sich am Sack und stapfte wieder die Treppe hinab.

„Nene du, *du* lässt mich jetzt hier nicht stehen!" brüllte Corinna. „Du putzt jetzt auf der Stelle diesen Schweinestall hier!"

Karamanlis blieb jedoch unbeeindruckt. Corinna hatte große Lust, ihm in den Keller zu folgen und dort statt Feuerholz einen alten griechischen

Gastarbeiter zu zerhacken und anschließend vielleicht die noch zappelnden Gliedmaßen die Toilette hinunterzuspülen, dann wäre *dieser* Scheißhaufen wenigstens endlich dort wo er schon lange hingehörte.

Stattdessen rief sie Steffen.

Dieser war höchst ungehalten, rang sich jedoch eine ruhige, hoffentlich bedrohlich wirkende Sprechweise ab.

„Hör mal Karamanlis", dabei tippte er ihm mit dem Finger auf die grauhaarige Brust (und beschloss, bei nächster Gelegenheit die Hände zu waschen), „erstens: wenn du meine Frau noch einmal Schlampe nennst bekommst du es mit mir zu tun. Zweitens: bevor du mit meiner Frau redest ziehst du dir gefälligst Hosen an. Drittens: Das Klo dort oben!"

„Ift meine Klo!" protestierte Karamanlis.

„Das Klo ist bis heute abend wieder sauber! Sonst nehme ich dich als Bürste! Kapiert?"

Karamanlis schien erkannt zu haben, dass Steffen das ernst meinte. Er setzte kurz zu einer Erwiderung an, entschied dann aber, dass die Zeiten, in denen er als Sieger aus einer Schlägerei hervorgegangen wäre, schon etwas länger vorbei waren.

„Pah!" spuckte er schließlich kleinlaut aus. „Gut, gut, ich mache."

Etwas von *Foavi* und seinem *Feiffdreck* vor sich hinbrabbelnd stapfte der Grieche die Treppe hinauf.

Wieder zurück im Büro schütteten sich die Waidmanns aus vor Lachen.

„Leck mich fett!" schnappte Corinna nach Luft. „Diese ekelhaften Unterhosen waren ja schon hart an der Grenze, aber *das*! Puh!"

„Na aber ernsthaft! Soweit kommt's noch, dass ausgerechnet so ein Troglodyt meine Frau beleidigt! Und das Klo erst, das der da oben hinterlassen hat! Ohjemine! Fast könnte man meinen, dass das gewissermaßen Montezumas Rache für die Schrannen von Soavi war."

„Einen Moment lang habe ich fast befürchtet, dass du tatsächlich mit ihm dort oben aufwischst. Karamanlis, der lebende Wischmop." Corinna kicherte böse. „Wäre schön, wenn man mit allen lästigen Leuten so einfach umspringen könnte."

„Ha!", lachte Steffen, „Dann hätten wir mit Frau Grässlich eine mittelalterliche Hexenverbrennung nachgestellt."

„Aber mit vorheriger hochnotpeinlicher Befragung bitte!" empfahl Corinna.

„Und mit Scheuerle als Folterknecht!"

„Au weia, dieser alte Trottel." Corinna hielt sich Zeige- und Mittelfinger unter die Nase um einen Schnauzer zu simulieren und fuhr mit verstellter Stimme fort: „Ich bin ja kein Nazi, aber in der Hitlerzeit hätte ich jeden Juden denunziert."

„Die Lager nicht vergessen!" ermahnte Steffen.

„Ja natürlich. Aber keine Konzentrationslager." Sie erhob den Zeigefinger der anderen Hand und rückte so dicht wie möglich an Steffen heran.

„Wenn ich an der Macht wäre gäbe es spezielle Arbeits- und Erziehungslager für deutsche Sitten. Dort bringt man den Mulatten und Zigeunern dann als erstes bei, dass man seinen Mitmenschen beim Sprechen immer ganz dicht auf die Pelle rückt, vor allem wenn man Mundgeruch hat. Das ist echte Teutsche Höflichkeit!"

Wieder etwas ernster stellte sie fest: „Ist doch eine wahre Pracht, mit was für Menschen man es so zu tun bekommt im Laufe eines Lebens."

„Meine Oma hätte ihm jedenfalls Gift gegeben." erzählte Steffen. „Die durfte bei Bombenalarm nicht in den Luftschutzbunker weil sie kein Parteimitglied war. Und um auf Behörden oder so den Hitlergruß zu vermeiden hat sie immer eins der Kinder auf den Arm genommen."

Das war Anna Waidmann! Eine resolute Frau, die sich durch nichts und niemanden verbiegen ließ und der Duckmäusertum, Gleichschaltung und Konformismus ein Gräuel waren. Steffen hatte sie dafür immer bewundert, es musste eine Menge Rückgrat erfordert haben, in einer solchen Diktatur trotz aller Repressalien und Schikanen aufrecht zu bleiben. Und wie frustrierend musste es für sie gewesen sein, dass dieselben Arschlöcher von der SA, die mit ihren Ehrendolchen herumwedelten und vom Endsieg fabulierten, nach der Niederlage von fünfundvierzig plötzlich entnazifiziert auf irgendwelchen Pöstchen in der Verwaltung oder gar im Schuldienst ein schlaues Leben hatten. Und dort ihre fiesen kleinen Machtspielchen fortsetzten.

„Deine Oma war cool! Schade, dass ich sie nicht mehr kennenlernen konnte."

Corinna teilte Steffens Ansicht, dass das Dritte Reich leider nie so richtig aufgearbeitet worden war. Klar, es war das vermutlich am intensivsten durchleuchtete Gebiet der Geschichtswissenschaften und man konnte jede Menge Bücher über Hitler, Hitlers Helfer, Hitlers Hund und wahrscheinlich sogar Hitlers linkes Ohrläppchen studieren, aber die entscheidenden zugrundeliegenden Strukturen, gewissermaßen das Zentrum des ganzen Irrsinns ging in dieser Informationsfülle verloren oder wurde aus anderen Gründen nicht thematisiert und konnte darum weiterwuchern.

Als Ergebnis liefen dann Pfeifenköpfe wie Scheuerle und seine Saufkumpane herum, die lieber gestern als heute Auschwitz oder zumindest das, was sie für eine Light-Version davon hielten, wiedereröffnen würden.

Oder – und das fand sie beinahe noch schlimmer – die braune Soße schwappte einem plötzlich aus dem Mund von Leuten entgegen, die sich selbst als klar linksorientiert eingestuft hätten. Wenn sie beispielsweise so an die Frau von Pastor Heilig dachte…

Protestantisch mit grünem Einschlag hielt sie sich für überaus progressiv. Man fuhr Rad, selbstverständlich mit Helm, ernährte sich vegetarisch und betonte dies auch bei jeder sich bietenden Gelegenheit, meistens noch um die

Ankündigung erweitert, dass man bald auf vegane Nahrung umstellen werde. Außerdem lehnte man Pelze, Atomkraft, Tabakwaren, Gewaltvideos, Hundehalter, Internet, geschätzte tausend andere Dinge und vor allem Nazis ab.

Schmuck, das hatte Frau Heilig Corinna einmal ausführlich erklärt, war übrigens wie Schminke und der Großteil der Technologie ohnehin die Erfindung Samaels oder eines anderen gefallenen Engels, weshalb man in dieser Hinsicht nicht nur aus ökologischen Gründen äußerst vorsichtig sein musste. Darum färbte sich Frau Heilig auch nicht die Haare sondern stand zu ihrer vermeintlichen natürlichen Schönheit.

Wobei diese Frau mit ihrer pergamentartigen Haut und dem lippenlosen Mund alles andere als attraktiv war. Außerdem sah Corinna deutlich, dass sie sich in die eigene Tasche log, denn die Haare waren sehr wohl gefärbt, wenn auch nicht einheitlich. Frau Heilig, nicht frei von Eitelkeit, gleichzeitig aber zu konformistisch gegenüber ihrem ähnlich ökosektiererisch gestrickten sozialen Umfeld, versuchte sich und den anderen nämlich dadurch etwas vorzumachen, dass sie ihr weißes Haar mit einigen schwarzen Strähnen aufpeppte damit es insgesamt etwas dunkler wirkte und so aussah, als wäre sie nur ein klein wenig angegraut. Da allerdings der Haaransatz bereits deutlich sichtbar herausgewachsen war wirkte das Resultat so dermaßen schmuddelig, dass ihr affiger neongelber Fahrradhelm daneben eine deutliche optische Verbesserung darstellte.

Der Höhepunkt des kurzen Gesprächs, das vermutlich dem Zweck diente, Corinna zum Kirchgang zu ermuntern war jedoch eine Äußerung, die wie übelriechender Dünnpfiff aus diesem faltigen anusartigen Mund tropfte. Bei Schmuck wisse man nämlich sowieso nie! Ob sich Corinna schon Gedanken über Kinderarbeit und Konfliktmineralien gemacht habe, immerhin sei der Diamanthandel ja fest im Griff der Zionisten und Zionisten dürfe man auf keinen Fall unterstützen wegen ihrer Kriegstreiberei. Darum würde Frau Heilig auch generell alle Waren aus Israel boykottieren, aber die Zionisten steckten natürlich auch hinter der Hassindustrie, die satanische Musik, Gewaltvideos und Killerspiele herstellte und so manch anderem.

Corinna hatte diesen unerfreulichen Monolog schließlich mit der Bemerkung abgewürgt, dass sie unverzüglich der Church of Satan beitreten würde wenn sie sich einen solchen antisemitischen Müll weiter anhören müsse, worauf Frau Heilig betonte, dass es selbstverständlich einen *großen* Unterschied zwischen Juden und Zionisten gäbe und sie keineswegs Antisemit sei.

So wie Scheuerle natürlich kein Nazi war sondern ein großer Freund von Ökostrom und der gesunden deutschen Waldluft – und nicht zu vergessen von Lagern, aber natürlich keinen *solchen*.

So war das eben. Die politischen Extreme waren derartig ineinander verzahnt, dass man von rechts oder links im eigentlichen Sinne gar nicht mehr sprechen konnte. Die völkisch-rassistische Mottenkiste stand aber nach wie vor sperrangelweit offen ohne dass es jemand zu bemerken schien.

Ebenso wie die Waidmanns nach wie vor in jenem unheilvollen schwarzen Sumpf feststeckten, der nicht gewillt war sie wieder freizugeben. Denn erneut blieben die Kunden weg.

Dritter Teil
Zu Gast bei Wurstli und dem Mann selig

I

Steffen vergrub das Gesicht in seinen Händen. Es war zum Haareraufen, was dieser Gutachter daherredete.

Dabei hatte bis vor einigen Minuten noch alles ganz gut ausgesehen. Das von Herrn Schmalzried verfasste Gutachten schätzte den Wert des Colliers auf 36.000 Euro und Steffens Anwalt hatte verkündet, dass man diese Berechnung akzeptieren würde. Fall erledigt.

Aber nicht für Brüstle-Heck.

„Wir haben da trotzdem noch einige Fragen", merkte er in seinem näselnden Wichtigmachertonfall an. „Immerhin schreiben Sie ja in dem Gutachten ebenfalls davon, dass das Stück in einigen Punkten beträchtlich von der Originalvorlage abweicht."

Steffen fühlte bereits die warnende Hand seines Anwalts auf der Schulter, blieb daher ruhig sitzen.

„Ja, äh, also, das ist leicht erklärbar", rutschte Schmalzried auf seinem Platz herum. „Sehen Sie, rein markenrechtlich darf der Herr Waidmann natürlich nicht einfach fremde Stücke oder Entwürfe kopieren. Insofern kann man das fertige Stück nicht als Schlechtleistung reklamieren, auch wenn es nicht ganz dem Wunsch der

Kunden entspricht. Eventuell wäre aber natürlich eine Minderung denkbar, abhängig davon, was alles verändert wurde."

„Wo genau weicht das Stück denn ab? Könnten Sie das bitte nochmals zusammenfassen?" erkundigte sich Brüstle-Heck.

Steffens Anwalt schaltete sich ein: „Herr Kollege, wir haben das Gutachten beide schriftlich vorliegen und soeben nochmals eine ausführliche Zusammenfassung von Herrn Schmalzried gehört. Wenn Sie sich nicht richtig auf einen Prozess vorbereiten ist das meiner Ansicht nach Ihr Problem und kein Grund, dass wir die Sache noch ein drittes Mal durcharbeiten."

„In der Tat." bestätigte der Richter.

„Dann fragen wir einfach einmal andersherum: In welchem Umfang müsste das Stück nachgebessert werden um dem Kundenwunsch zu entsprechen bzw. wie hoch könnte eine solche von Ihnen vorgeschlagene Minderung ausfallen?" Brüstle-Heck lehnte sich zufrieden zurück.

Und Schmalzried tappte voll in die Falle, die dieser Arsch-und-Titten-Anwalt da für ihn aufgestellt hatte.

„Ja also, fangen wir einmal bei der farblichen Abweichung gegenüber dem Original an, das allem Anschein nach an einigen Stellen übervergoldet wurde. Wobei so etwas natürlich nicht zwingend nötig ist, aber dem Stück eben diese ganz spezielle Färbung wie auf der Abbildung verleihen würde. Ein weiterer Punkt – sofern man etwas bemängeln wollte – wäre das

Problem mit dem Guss. Ich habe ja bereits in meinem Gutachten dargelegt, dass die Gussteile umfangreich nachbearbeitet wurden und man eventuell noch mittels einer Ultraschallprüfung eine Lunkerung – also diese kleinen Hohlräume, die möglicherweise entstehen…"

Es war nicht zu fassen. Kopfschüttelnd wurden Steffen und sein Anwalt Zeuge, wie der Gutachter Schritt für Schritt sein eigenes Gutachten demontierte.

„Also mit Verlaub, Herr Vorsitzender", schaltete sich der Anwalt ein als Schmalzried zu Punkt fünf (Qualität und Beschaffenheit der angelieferten Steine im Vergleich zu den im Prospekt abgebildeten) kam, „wozu haben wir eigentlich ein Gutachten angefordert? Wenn Herr Schmalzried hier noch länger referiert muss ja am Ende mein Mandant noch etwas zahlen, damit Herr und Frau Gerbald das Stück überhaupt nehmen. Ich hoffe doch, dass diese sauberen Herrschaften hier und heute endlich als Preisdrücker entlarvt sind."

„Jetzt werden Sie mal nicht unverschämt!" protestierte Gerbald.

Steffen versuchte sein Glück: „Herr Vorsitzender, ich habe für die Gerbalds einen Entwurf angefertigt - zwar nach einer Vorlage, ja, aber im Wesentlichen war es ein völlig neuer Entwurf. Und mein Auftrag lautete letztlich, diesen neuen Entwurf anzufertigen und eben gerade nicht ein Foto aus einem Prospekt zu kopieren. Darum gibt es meiner Ansicht nach auch keinen Anspruch auf

Minderung."

„Einen solchen Entwurf haben wir nie gesehen." log Gerbald.

„Ja sie werden doch nicht glauben, dass ich es Ihnen zuliebe auf eine Plagiatsklage ankommen lasse!" stellte Steffen lauter als nötig fest.

„Ach was", winkte Brüstle-Heck ab, „sie haben ein Stück kopiert, und sie haben es schlecht kopiert, darum bestehen wir auf Minderung."

„Das klingt jetzt aber stark nach falscher Verdächtigung, Herr Kollege!" fuhr Steffens Anwalt dazwischen.

„Ich lasse mir doch keinen Schund andrehen!" polterte Herr Gerbald.

„Wer dreht hier wem etwas an?" brüllte Steffen und wurde natürlich vom Richter ermahnt, dies in Zukunft zu unterlassen.

„Sie müssen das Stück ja nicht nehmen, Herr Gerbald. Mein Mandant hat Ihnen ja bereits mehrfach angeboten, die Steine wieder auszufassen. Aber anscheinend liegt Ihnen ja doch etwas an dem Collier..." stellte Steffens Anwalt die Sache anschließend wieder richtig.

„Ja, äh, wie bereits erwähnt weichen die Steine und hier insbesondere die beiden Rubine im Schliff deutlich von der Abbildung ab, der vordere müsste rund und nicht oval..." zerlegte der Gutachter sein Gutachten.

„Die Steine sind doch aber gar nicht von mir!" Steffen streckte die Hände gen Himmel und fasste sich anschließend an den Kopf.

„Das bedarf noch der Klärung." warf Brüstle-

Heck ein. „Aber was mich noch mehr interessieren würde, Herr Schmalzried, besteht die Möglichkeit, dass man vom Tragen des Colliers eventuell Druckstellen oder ähnliches bekommt. Leider hat sich Herr Waidmann ja geweigert, das Stück herauszugeben, so dass es mir nicht möglich war, dies zu überprüfen."

Das hätte ja auch noch gefehlt, dass Arsch-und-Titte mit meinem Collier um den Hals in seiner Kanzlei herumfurzt, dachte Steffen bei sich und fand diese groteske Vorstellung kein bisschen komisch.

„Dazu kann ich zunächst sagen, dass das Stück zwar sehr sorgfältig bearbeitet wurde, also keine Grate oder scharfe Kanten aufweist. Allerdings ist nicht auszuschließen, dass nach mehrstündigem Tragen…" führte sich Schmalzried munter weiter ad absurdum.

„Im Namen des Volkes ergeht folgendes Urteil: Der per Gutachten ermittelte Schätzpreis des Colliers ist zu mindern. Da es nicht mehr nachvollziehbar ist ob der Beklagte eine schlechte Kopie oder einen eigenen Entwurf angefertigt hat tendiert das Gericht zu der Meinung, dass es sich zwar um kein Plagiat handelt – dazu sind die Abweichungen gegenüber dem Originalstück zu groß – dem Kundenwunsch der Kläger aber nicht vollumfänglich entsprochen wurde."

Steffen kippte die Kinnlade herunter. Brüstle-Heck rieb sich die Hände und Gerbald versuchte erfolglos, ein hämisches Kichern zu unterdrücken.

„An Ihrer Stelle würde ich da jetzt nicht lachen, Herr Gerbald. Den Auftrag zur Fertigung eines Plagiats zu erteilen finde ich keineswegs lustig."

Nach einem strengen Blick fuhr der Richter fort: „Unter Berücksichtigung der durch den Gutachter vorgebrachten Bedenken legt das Gericht darum den Wert des Stückes auf 26.000 Euro fest, die der Kläger dem Beklagten zu zahlen hat." Er unterbrach sich erneut. „Und bevor der Herr Gerbald sich jetzt allzu sehr darüber freut, das Stück beinahe zum von Anfang an gewünschten Preis zu erhalten – die Gerichtskosten sind von Kläger und Beklagtem jeweils hälftig zu begleichen."

Steffen hätte am liebsten in die Tischkante gebissen.

„Tja, meine Herrschaften", der Richter wurde etwas lauter, „ich muss zugeben, dass ich in meinem Gerichtssaal noch selten so eine Farce erlebt habe. Ein Plagiat in Auftrag geben und anschließend zu versuchen, den Preis zu drücken ist schon ein starkes Stück! Allerdings haben Sie, Herr Waidmann, ebenfalls eine Menge Fehler gemacht: kein Kostenvoranschlag, keine Auftragsbestätigung, keinerlei schriftliche Unterlagen. Das ist nicht nur überaus leichtsinnig sondern unterfüttert geradezu die Anschuldigungen und Verdächtigungen, die Herr Brüstle-Heck hier berechtigt oder unberechtigt geäußert hat. Darum ist der Preis des Colliers nun so festgelegt, dass Sie nach Abzug der Gerichts-

und Anwaltskosten auf die Höhe der Summe kommen sollten mit der Sie in Vorleistung getreten sind.

Ich empfehle abschließend beiden Parteien, diesen Tag rot im Kalender anzustreichen, denn es kommt selten vor, dass ein Gutachten vom Gutachter selbst zerpflückt wird.

Die Verhandlung ist geschlossen."

„Damit habe ich jetzt auch nicht gerechnet, Herr Waidmann." Allem Anschein nach war dem Anwalt dieses Urteil genauso unangenehm wie Steffen. „Zwar entscheidet der Gesetzgeber meistens im Sinne des Verbrauchers, aber wenn sich dieser Schmalzried nicht auf das Spiel mit der Minderung eingelassen hätte… Ich muss zugeben, so was habe ich noch nicht erlebt."

„Ach, man gewöhnt sich mit der Zeit an einen Haufen Scheiß."

Steffen war froh, endlich auf dem Parkplatz zu stehen und eine rauchen zu können. Das änderte zwar nichts an dieser beschämenden Niederlage, aber gut tat es trotzdem. „So wie es bei mir momentan läuft muss ich wohl froh sein, dass ich überhaupt noch was für dieses Dreckscollier bekomme."

„Wobei Sie nicht vergessen dürfen, dass die Gerbalds ja anfangs darauf spekuliert haben, sich das Stück komplett unter den Nagel zu reißen. Fünfundzwanzig Mille plus Prozesskosten, da haben die unterm Strich gar nicht so viel gespart." bemerkte der Anwalt. „Aber vermutlich trotzdem nur ein schwacher Trost wenn man praktisch umsonst gearbeitet hat. Ich kann Ihnen nur empfehlen, zukünftig zumindest bei größeren Aufträgen jeden Pipifax schriftlich zu dokumentieren."

„Das werde ich mir hinter die Ohren schreiben." versprach Steffen.

(Größere Aufträge, dass ich nicht lache! Ich habe ja nichtmal mehr kleine!)

II

„Wie lief's?" fragte Corinna, die nicht bei der Verhandlung dabei war. Zwar war seit Tagen weit und breit kein Kunde zu sehen, aber jetzt in der Vorweihnachtszeit wollte sie den Laden einfach nicht schließen. Immerhin hätte es ja doch sein können, dass jemand vorbeischaute, denn Frau Grässle waren sie wie es schien seit der Begehung los.

„Frag' lieber nicht!" meinte Steffen niedergeschlagen.

Nachdem er Corinna ausführlich Bericht erstattet hatte und die dritte Zigarette anzündete stellte er ziemlich angepisst fest: „Und rechnen kann dieser Sesselfurzer auch nicht richtig. Es ist ja nicht nur so, dass die Vorleistungen für sich genommen schon viel höher waren. Wenn er meine Belege genau durchgesehen hätte, hätte er das eigentlich merken sollen!"

Corinna nickte. Als Kauffrau wusste sie nur zu gut, dass säumige Zahler ja nicht nur einfach dadurch Schaden verursachten, dass der geschuldete Betrag in der Kasse fehlte. Denn dieser Betrag stand auch nicht für Reinvestitionen zur Verfügung; war man bereits in Vorleistung getreten geriet man unter Umständen selbst in Zahlungsverzug und durfte Mahnkosten berappen, und so weiter. So konnte sich ein geschuldeter Betrag durch diesen ganzen Rattenschwanz, den er hinter sich her zog, für den Gläubiger schnell in ungefähr der dreifachen Höhe negativ auswirken. Womit sie grob überschlagen mit dem Gerbald-Auftrag nun Verlust gemacht hatten.

Allerdings, wenn man diesen Verlust dazu in Relation setzte, was Steuerberater Schmidt durch seine Untätigkeit angerichtet hatte war das Collier noch das kleinste Problem. Selbst wenn sie jetzt sofort eine Rückerstattung vom Finanzamt erhalten hätten würde es vermutlich noch Jahre dauern, das alles wieder aufzufangen.

Sie zog an ihrer Zigarette. „Im Grunde genommen sind wir erledigt, oder?"

„Wenn der Laden einfach ganz normal vor sich hinplätschern würde hätten wir noch eine Chance." grübelte Steffen. „Es wäre vielleicht einige Zeit lang etwas ungemütlich, aber zu schaffen."

„Ich verstehe nur einfach nicht, woran das liegt", meinte Corinna niedergeschlagen. „Mit Frau Grässlich hatte es ja wohl nichts zu tun. Unsere Ware ist erstklassig, die Preise mehr als fair, also woran liegt es?"

Nach einem Moment der Stille fragte sie: „Liegt es vielleicht an mir? Ich meine, weil ich eine Hereingeschmeckte bin?"

„Ach Quatsch! Dann würden die Leute auch nicht bei Michele Mittagessen." winkte Steffen ab.

Schließlich griff Corinna ganz tief in die Trickkiste. Nach einigen Bedenken ging sie das Wagnis ein, ein teures Schmuckstück ins Schaufenster zu stellen und mit einem Schildchen zu versehen auf dem zu lesen war „Unser Weihnachtsangebot: 1 €".

Niemand bemerkte es. Es fragte nicht einmal jemand nach, ob dieses Preisschild möglicherweise fehlerhaft sei.

Weihnachten kam.
Weihnachten ging vorüber.
Potentielle Kunden gingen am Geschäft vorüber.
Sie kamen aber nicht herein.

Corinna und Steffen machten Inventur. Ihrer Einschätzung nach zum letzten Mal, denn die Nullrunde zum frohen Fest hatte ihnen den Rest gegeben. Sie schuldeten bereits zwei Monatsmieten für den Laden und rechneten jeden Tag mit der Kündigung. Unter normalen Umständen hätten sie in so einem Fall versucht, zu verhandeln, vielleicht eine Frist für einen Ausverkauf herauszuschinden, aber wozu das alles noch? Sie hatten es mit der Selbständigkeit versucht und waren gescheitert, so wie Corinnas

Vater es vorhergesagt hatte.

Eine seltsame Lethargie hatte sich im Hause Waidmann breitgemacht. Sie ärgerten sich inzwischen nicht einmal mehr über ihre beklagenswerte Situation. Selbst Steffen, der der cholerischere Charakter der beiden war, schluckte sein Los nur noch brav hinunter. Sie lachten nicht mehr und im Bett herrschte tote Hose obwohl sie beide nur sehr schlecht schliefen. Teilweise lagen sie nächtelang stumm nebeneinander, einmal hatte Steffen aber auch im Schlaf geweint.

Steffen wertete die Inventur aus. „Also da wir praktisch nichts verkauft haben und auch keine neue Ware hinzugekommen ist haben wir hier noch eine ganze Menge Schmuck herumliegen. Wenn wir das alles einfach einschmelzen müssten wir beim momentanen Goldpreis so Null auf Null rauskommen."

„Dann willst du wirklich dichtmachen?" fragte Corinna.

„Wir haben keine Wahl, fürchte ich."

Es war bereits zehn Minuten nach sechs.

„Lass uns für heute Feierabend machen", meinte Steffen. „Dann schlafen wir noch eine Nacht drüber und entscheiden morgen ob wir aufgeben sollen. Ich bin hundemüde."

Er fuhr den PC herunter. Auf dem Bildschirm erschien die Meldung, dass noch einige Updates installiert würden und man den Computer nicht abschalten solle. „Na super!" grunzte er gähnend. Corinna schloss derweil die Ladentüre ab und löschte die Lichter. Sie blickte sich um. *Unser schönes Geschäft,* dachte sie, *schade, dass wir hier kein Glück hatten.*

Eine einzelne dicke Träne kullerte ihr aus dem Auge und über die Wange. Sie waren geschlagen.

Das Telefon klingelte.

Corinna runzelte die Stirn. Sie blickte auf die Uhr, es war bereits viertel nach sechs. „Wer ruft denn um diese Zeit noch an? Wir hätten doch normalerweise schon längst geschlossen."

„Wer immer das auch ist, er kann mich mal!" meinte Steffen.

Die automatischen Updates waren bei 98% angelangt. Das Telefon klingelte weiter, ohne dass einer der beiden den Hörer abnahm. Sie hatten beide schlicht keine Lust mehr dazu, sich jetzt mit dummen Fragen von dummen Menschen zu befassen, die dann doch nicht in den Laden kommen würden.

Die Updates waren fertig installiert und Steffen schaltete den Computer ab. Als er nach seiner Jacke griff schaltete sich der automatische Anrufbeantworter ein.

„Juwelier Waidmann, Guten Tag! Leider sind wir momentan nicht zu sprechen, Sie können aber gerne nach dem Signal eine Nachricht hinterlassen." Ein Pfeifton hupte kurz und dann drehte sich alles.

„Ja Grüß Gott! Sie, ich muss Ihnen das noch erzählen wie ich wegen Wurstli beim Tierarzt Buchklotzer angerufen habe. Sagt der Buchklotzer doch zu mir, er hat jetzt keine Zeit weil er sein Sauerkraut essen will. Mein Mann selig als er noch nicht selig war hat von Sauerkraut ja immer solche Blähungen bekommen. Sooolche Blähungen! Aber seit mein Mann selig endlich selig ist esse ich das sehr gerne. Merken Sie was? Das bin ich. Aber mein Kirschenauflauf…"

„Das gibt's nicht!" schrie Corinna. Steffen ließ sich mit weichen Knien wieder in den Bürostuhl plumpsen.

Frau Grässle plapperte in der Zwischenzeit fröhlich weiter und versetzte ihren Erguss wie nicht anders zu erwarten war mit *Nug* und *Yeb*, *Urboros* und einigen anderen unverständlichen Begriffen. Corinna meinte, außerdem noch so etwas Ähnliches wie *Nebetot* (Nebet-Hut?) herauszuhören. Am Ende der Litanei angelangt nuschelte Frau Grässle leise noch eine Art kurze Abschiedsformel.

Der Anrufbeantworter!

Das erklärte natürlich so manches. Aber das verflixte Ding hatte doch in den letzten Wochen überhaupt keine hinterlassenen Nachrichten angezeigt. Steffen überprüfte die Anzeige. Nichts. Er betätigte die Rücklauftaste.

Anscheinend war das Band vollständig besprochen, und Steffen und Corinna war auch klar von wem.

So waren sie auch wenig überrascht, als die unangenehm schrille stimme von Frau Grässle aus dem Lautsprecher krächzte als Steffen die

Abspieltaste betätigte.

In den drei Nachrichten, die sie hinterlassen hatte bis das Band voll war ging es hauptsächlich um Sauerkraut. Wären da nicht ständig diese kurzen Beschwörungsworte gewesen hätte man annehmen können, dass Frau Grässle einfach nur einen gehörigen Groll gegen diesen Tierarzt hegte, der sich berechtigterweise nicht beim Essen stören lassen wollte.

Aber warum hatte der Anrufbeantworter das nicht angezeigt und war stattdessen jedes Mal ohne neue Nachrichten aufzuzeichnen angesprungen wenn die Alte anrief? Das Gerät schien nicht beschädigt.

„So wie es aussieht wirkt der Spuk also auch übers Telefon." Corinna sog zitternd an einer Zigarette. „Die alte Sau musste nicht einmal in die Nähe unseres Ladens, sondern konnte ihr Werk bequem von daheim aus erledigen."

Steffen drückte derweil am Mobilgerät des Telefons herum. Triumphierend sagte er: „Aber wir können jetzt dafür endlich herausfinden, wo sie wohnt. Scheinbar hat sie die moderne Technik dann doch nicht so gut im Griff."

Auf dem Display wurden nämlich die Nummern der letzten Anrufer angezeigt. „Tja, Frau Grässlich, das kommt davon wenn man die Rufnummer nicht unterdrückt." Er notierte sich die Nummer des Anschlusses, von dem aus in der letzten Zeit rund zwanzig Anrufe angezeigt wurden.

„Würde mich nicht wundern, wenn der erste

Sauerkrautanruf am gleichen Tag stattfand an dem Karamanlis das Klo versaut hat." überlegte Corinna. „Mein Mann selig hatte als er noch nicht selig war nämlich immer soooolche Blähungen." Sie lachte finster, obwohl ihr der Schrecken offensichtlich noch immer in den Knochen steckte.

„Gut kombiniert, Miss Marple. Ich schätze, wir haben wieder ein wenig Recherche zu betreiben."

„Na dann an die Arbeit, Matula!"

„Höh! Also ein Sam Spade sollte schon noch drin sein." lachte Steffen. Sein Phlegma war wie weggeblasen. Energisch riss er das Telefonkabel aus der Wand.

III

Anstatt wie geplant früh zu Bett zu gehen, schloss Steffen zuhause den Anrufbeantworter an sein Laptop an und spielte anschließend an den Toneinstellungen herum.

„Was machst du?" erkundigte sich Corinna. „Wird das der Grässle-Remix?"

„Ne, ich will wissen, was die da am Schluss von ihrem Sermon noch brabbelt. Aber das ist so verrauscht, dass ich es einfach nicht ganz klar bekomme."

„Lass mal hören." Corinna ging ganz nah an die Lautsprecher.

„*Fzschsch... Omegatron... Knnrrrz... Boros.*" tönte es aus dem Laptop.

„Megatron?" Corinna kicherte. „Zuviel

Transformers angeschaut oder wie?"

„Hm, das letzte Wort klingt jedenfalls wieder nach unserem Kumpel Urboros. Und ich schätze, dass sie mit Megatron oder Omegatron auch wieder irgendwas ägyptisches ausgegraben hat." überlegte Steffen.

„Omega vielleicht? Das wäre dann aber griechisch." stellte Corinna fest. „Puh, würde zu Karamanlis passen, der ist Grieche und wirklich das Allerletzte."

„Der Mann selig, der sein Wurstli aus dem Schlafanzug hängen lässt wenn ihm zuviel Sauerkraut Blähungen verursacht?" fragte Steffen todernst. Dann schütteten sich beide aus vor Lachen.

Am nächsten Tag ließen sie das Geschäft geschlossen. Nach dem Anruf von Frau Grässle wäre es vergeudete Zeit gewesen, vergebens auf Kunden zu warten. Zeit, die man sinnvoller nutzen konnte.

Steffen klickte sich durch das Internet und Corinna tätigte einige Anrufe. Schließlich präsentierten sie sich beim Mittagessen ihre Ergebnisse.

„Also, laut Telefonauskunft gehört die Nummer zu einem Haus irgendwo draußen in Behlen-Rauenberg und läuft auf einen gewissen Ernst Gässler. Und weißt du, wer noch in Rauenberg wohnt?"

Steffen wusste es natürlich nicht.

„Buchklotzer, Dr. vet. med." strahlte Corinna. „Und hier kommt der merkwürdige Teil. Ich habe nämlich in der Praxis von diesem Buchklotzer angerufen."

Steffen schob seinen Teller zur Seite und zündete eine Zigarette an. „Schieß los!"

„Halt dich fest: Buchklotzer selbst war nicht in der Praxis sondern nur eine Vertretung weil er schon seit einiger Zeit furchtbare Magen-Darm-Probleme hat."

„Zuviel Sauerkraut…" witzelte Steffen.

„Ja, das habe ich mir auch gedacht. Jedenfalls habe ich der Aushilfe dann eine Geschichte vom Pferd erzählt und dass ich dringend eine Frau Grässle oder Gässler kontaktieren müsse, die wohl am Bärenried 11 wohnen würde. Da meinte die Vertretung, dass das nicht sein könne weil das Haus dort schon seit Jahren unbewohnt sei. Und auch eine Frau Grässle wäre noch nie in der Praxis gewesen. Ich habe dann noch etwas nachgeholfen und eine grobe Beschreibung angegeben, aber in Behlen-Rauenberg würde hundertprozentig niemand herumlaufen, auf den meine Beschreibung passte."

„Das wird ja immer ominöser." grübelte Steffen.

„Anrufe aus leerstehenden Häusern und kranke Tierärzte."

Anschließend fasste er seine neuesten Erkenntnisse zusammen.

„So wie es aussieht hat unser Transformer mit Aleister Crowley zu tun, je nachdem wie man das Gebrabbel deutet, könnte nämlich *To Mega*

Therion oder *Omega Therion* gemeint sein. Meiner Ansicht nach macht beides irgendwie Sinn.

To Mega Therion ist nämlich das *große Tier* aus der Johannesapokalypse, komplett mit 666, Weltuntergang und allem, wohingegen ein *Omega Therion* einfach das letzte Viech bezeichnen würde."

„Ist ja krass!" jetzt brauchte Corinna auch eine Zigarette.

„Ja. Auf Crowley bin ich übrigens eher zufällig gestoßen. Das war so ein Spinner vom Anfang des 20. Jahrhunderts, der sich selbst als das *große Tier* bezeichnete und Sexualmagie und ähnlichen Hokuspokus praktizierte. Von ihm stammt auch so eine Art Gesetzbuch, in dem es vor allem um einen Leitsatz geht: *Tu was du willst soll sein das ganze Gesetz!"*

„Das klingt zumindest mal sinnvoller als die Geschichten von Schattenmorellen und Wurstli dem Wunderhund." meinte Corinna.

„Lach nicht über die Schattenmorellen, darauf komme ich nachher noch." Steffen inhalierte ein letztes Mal und drückte sehr zu Corinnas Missfallen die Zigarette im Teller aus. „Jedenfalls hat mich die Sache mit dem *Tu was du willst* im Zusammenhang mit Ouroboros zunächst mal verwirrt, bis mir schließlich *Die unendliche Geschichte* eingefallen ist."

„Hah, das Auryn!" Corinna klatschte in die Hände. Natürlich kannte auch sie das meisterhafte Jugendbuch von Michael Ende. „*Tu was du willst* und eine Schlange, die sich in den Schwanz beißt."

„Wobei es bei Ende zwei Schlangen sind." korrigierte Steffen. „Überhaupt – Schlangen! Irgendwie scheint es in der Mythologie vor Schlangen nur so zu wimmeln. Und diese Schlangen bewachen ziemlich oft Obstbäume."

„Mit Schattenmorellen?"

„Naja, meistens Äpfel. Die bekannteste Geschichte darüber kennen wir ja aus der Bibel. Aber auch Herkules – um nur einen zu nennen – musste irgendwo am Arsch der Welt einen Apfelbaum plündern, der von einem garstigen Schuppenvieh bewacht wurde. Der Kirschbaum hingegen hat was mit dem Mond zu tun und gehört der Göttin Artemis. Und Artemis war die Göttin des Waldes und der Jagd."

„Meine Güte, und wir heißen Waidmann!" stellte Corinna fest. „Wobei ich immer noch nicht schlau aus der ganzen Sache werde."

„Ja was meinst du wie es mir geht." Steffen zündete die nächste Zigarette an. „Vor allem weiß man ja nie, was von diesem Gebrabbel wirklich nur Gebrabbel war und was davon eine Art Muster ergibt. Außerdem würfeln wir hier im Grunde genommen von der Bibel über diverse Mythologien bis hin zur modernen Fantasyliteratur praktisch alles bunt zusammen."

Da konnte Corinna nicht widersprechen. Aber trotzdem – trug man Schicht um Schicht all diese Merkwürdigkeiten ab blieb letztlich ein nahezu kristallklares Bild übrig. Nug und Yeb, also das männliche und weibliche Prinzip oder einfach nur Mann und Frau. Der Baum mit der verbotenen Frucht. Ouroboros, die Schlange, die gleichzeitig auch das Möbiusband der Unendlichkeit sein konnte, das die materielle Welt umschloss. Und schließlich das Gesetz des Großen Tiers: *Tu was du willst.*

„Eritis sicut deus, scientes bonum et malum." zitierte sie versonnen aus Goethes Faust.

Dann sprach sie bedächtig eine Vermutung aus: „Also im Grunde genommen dürfte uns auch ohne diesen ganzen mystischen Überbau klar sein, dass dieser Schadenszauber darauf abzielt, dass wir eben gerade *nicht* das tun was wir wollen. Ich meine, im Grunde genommen waren wir doch von Anfang an in der Defensive, zuerst mit Rechtfertigungen," das ärgerliche Gespräch mit ihrem Vater fiel ihr wieder ein, „und danach haben wir entweder brav erduldet wenn etwas schiefgelaufen ist oder wir waren damit beschäftigt, auf vollendete Tatsachen zu reagieren, vor die uns andere gestellt haben. Und damit meine ich nicht nur die Grässle, sondern auch Schmidt, Karamanlis, die Gerbalds... Himmel, wenn ich in mich hineinhöre und danach frage, was ich tatsächlich *will,* dann doch gewiss nicht den Prügelknaben für diese Arschlöcher spielen."

„Das stimmt allerdings. Wir sind hier angetreten um einigermaßen flott leben zu können und unsere eigenen Entscheidungen zu treffen." pflichtete Steffen bei. „Und darum schlage ich vor, wir fahren jetzt mal nach Rauenberg und schauen uns das Haus dort an."

IV

Behlen-Rauenberg war ein kleiner Weiler, der irgendwann einmal eingemeindet wurde, im Grunde genommen nicht mehr als eine handvoll um die Durchgangsstraße gruppierte Häuser. Einige davon hübsch saniert, der Großteil jedoch in beklagenswertem Zustand, der durch das trübe Winterwetter noch unterstrichen wurde.

Der Januar näherte sich seinem Ende, es lag kein Schnee, aber in den letzten Tagen hatte es viel geregnet. Die Luft war kalt und klamm, so dass sich Steffen und Corinna dick in ihre Winterjacken einmummelten nachdem sie aus dem Wagen gestiegen waren.

Das Haus am Bärenried stand ein ganzes Stück abseits und war nur über einen witterungsbedingt äußerst matschigen Feldweg zu erreichen. Da Steffen keine Lust darauf hatte, hier mit dem Auto steckenzubleiben entschieden sie sich, zu Fuß zu gehen.

Über den Weg war eine Kette gespannt, an der ein gelbes Schild „Privatgrundstück. Zutritt verboten!" verkündete.

„Ich kann mir schon denken, warum man hier keine Besucher wünscht." meinte Steffen verächtlich. „Die könnten ja was von Hunden mit Magenverstimmung erzählen."

Nachdem sie über die Kette gestiegen waren

führte der Weg durch ein kurzes Waldstück. Von den Zweigen tropfte es eisig kalt und dieses konstante Plätschern war neben den Schritten von Steffen und Corinna das einzige Geräusch. *Puh, ekle Tropfen, in Nuss* dachte Corinna und zog den Hals ein.

Schließlich kam das Haus in Sicht.

Wobei man von einem Haus im eigentlichen Sinne nicht mehr sprechen konnte. Vielmehr handelte es sich um eine halbverfallene Ruine.

„Bist du sicher, dass wir hier richtig sind?" fragte Steffen. „Ich kann mir nicht vorstellen, dass es hier einen Telefonanschluß gibt. Hier sind nämlich gar keine Leitungen verlegt."

Tatsächlich waren in der Nähe weder Telefon- noch Strommasten zu sehen und so alt wie das Haus war, war es unwahrscheinlich, dass die Leitungen unterirdisch verliefen. Ratlos standen Steffen und Corinna im völlig verwahrlosten Garten und blickten auf die wenig einladenden leeren Fensterhöhlen. Die Haustür hing schief in ihren Angeln, scheinbar war hier schon jemand eingedrungen. Steffen konnte sich auch nur zu gut vorstellen, wer. Solche leerstehenden alten Schuppen waren ideal für Obdachlose auf der Suche nach einer Übernachtungsmöglichkeit, oder für Junkies. Vielleicht auch nur für Jugendliche, die in gruseliger Atmosphäre ein Saufgelage abhalten wollten.

„Ist das ein Kirschbaum?" Corinna deutete auf einen verkrüppelten kleinen Baum, der neben dem Haus stand.

„Bin ich Leonhart Fuchs?" antwortete Steffen mit einem Grinsen. „Sieht jedenfalls nach einem Obstbaum aus." Mit diesen Worten schritt er Richtung Haustür.

Statt einer Klingel hing eine kleine alte Messingglocke ohne Klöppel rechts neben der Tür an der Hauswand, was seine Vermutung bestätigte, dass es hier keinen elektrischen Strom gab.

„Was machen Sie hier?" donnerte eine tiefe Männerstimme in barschem Tonfall. „Das ist Privatgrundstück!"

Steffen und Corinna blickten sich erschrocken um. Die Stimme gehörte zu einem hageren alten Mann in blauen Latzhosen und einem olivgrünen Bundeswehrparka. In den Händen hielt er eine Heugabel.

Steffen überwand sein Erstaunen als erster. Da er keine Lust auf erotischen Hautkontakt mit Heugabeln verspürte stellte er ruhig fest: „Das gleiche könnte ich Sie fragen. Ich kann mir nämlich nicht vorstellen, dass Sie hier wohnen."

Der Mann kam einige Schritte näher. „Natürlich wohne ich hier nicht. Niemand wohnt hier. Ich sehe nur nach dem Rechten."

„Dann sind Sie so eine Art Hausmeister?" fragte Corinna misstrauisch.

„Hausmeister!" der Mann spuckte verächtlich aus. „Ich will nicht, dass sich hier Drogensüchtige herumtreiben. Manchmal kommen nämlich Drogensüchtige hier her um ihre Drogen zu nehmen."

„Na da kann ich Sie beruhigen. Wir sind nämlich auf der Suche nach einem Ernst Gässler, der angeblich hier wohnen soll." erklärte Steffen.

Der alte ließ die Heugabel sinken. „Sie sehen ja eigentlich auch gar nicht aus wie Drogensüchtige. Aber einen Ernst Gässler werden Sie hier nicht mehr finden."

„Dann hat er hier gewohnt?" hakte Steffen nach.

„Das geht Sie gar nichts an!" Der alte erhob sowohl seine Stimme als auch die Heugabel. „Wenn ich es mir recht überlege sind Sie vielleicht doch Drogensüchtige."

Corinna versuchte, zu beschwichtigen. „Bitte, es ist sehr wichtig, dass wir diesen Herrn Gässler finden…"

„Ernst Gässler ist seit über fünfzig Jahren tot. Und es wäre besser wenn er das auch bleibt. Und jetzt verschwinden Sie hier, bevor ich ungemütlich werde!" Um seinen Worten etwas Nachdruck zu verleihen fuchtelte der Alte mit seiner Heugabel.

„Das hat keinen Sinn hier. Komm, wir gehen", meinte Steffen kühl.

„Diese Drogensüchtigen mit ihren Drogen!" schimpfte der Alte vor sich hin.

„Wieder eine Sackgasse!" stöhnte Corinna im Wagen. „Dafür haben wir die *Invasion der Blutfarmer* erlebt."

Steffen lachte laut. „Die was?"

„Na der Kerl sah doch mal aus als wäre er so einem 80er Jahre Hinterwäldler-Horrorschinken entsprungen. Ich möchte nicht wissen, was der macht wenn er tatsächlich mal *Drogensüchtige* erwischt. Womöglich noch bei vorehelichem Sex."

V

„Guten Tag, Frau Waidmann, Zähringer mein Name." stellte sich der Mann mit der eleganten Brille und dem Schnauzbärtchen vor. „Ich komme von der Mahnstelle Finanzamt Behlen."
„Au weia, ich rufe kurz meinen Mann dazu, ist das in Ordnung?"
Es war in Ordnung. Und Zähringer war auch schwer in Ordnung. Einen Steuereintreiber hatten sich die beiden dann doch ganz anders vorgestellt.
Zähringer zeigte sich voller Verständnis für die momentan eher angespannte Geschäftslage der Waidmanns und schlug vor, dass der dem Finanzamt geschuldete Betrag in wöchentlichen Raten zu begleichen sei.
„Wichtig ist eben, dass regelmäßig Geld fließt." erklärte er. „Viele machen erstmal den Fehler, dass sie in Deckung gehen und nichts von sich hören lassen, und wenn wir dann mit einer Pfändung reagieren ist der Schlamassel angerichtet."
„Eine Kontenpfändung wäre momentan wohl der Super-GAU", stimmte Steffen zu.
Corinna händigte Zähringer schließlich 150 € aus. Als dieser die Quittung ausstellte betrat Herr

Kölling den Laden.

Corinna strahlte und auch Steffen war erfreut, nach so langer Zeit nun doch endlich seinen Schwiegervater im Laden begrüßen zu dürfen.

„Papa, na das ist ja mal eine Überaschung!" rief Corinna aus.

Zähringer verabschiedete sich diskret und raunte Steffen zu: „Wenn ich Ihnen noch einen Tipp geben darf, suchen Sie sich einen Steuerberater, der was von seiner Arbeit versteht."

Corinnas Vater blieb unterkühlt bis frostig. Nach der wenig herzlichen Begrüßung sah er sich stumm im Laden um.

„Aha", meinte er schließlich.

„Wo hast du Mama gelassen?" erkundigte sich Corinna.

„Zuhause. Sie weiß nicht, dass ich zu euch gefahren bin." antwortete er knapp.

„Ja aber warum denn? Es wäre doch so schön gewesen wenn wir uns endlich mal wieder zusammengesetzt hätten." Corinna wunderte sich. Nach so einer langen Zeit wäre das doch die ideale Gelegenheit für eine Aussöhnung gewesen.

„Ich muss wirklich sagen, schön habt ihr es hier." stellte Herr Kölling fest. „Ein wirklich schöner Laden. Passt zu euch. Ein Laden wie der von Graf Rotz!"

„Also wirklich!" Steffen glaubte er hätte sich verhört.

„Es war schon richtig, deine Mutter nicht mit hierher zu bringen", fuhr Kölling streng fort. „In einen Laden, in dem die Geldeintreiber ein- und ausgehen! Aha! Das war doch eben ein Geldeintreiber, die erkennt man nämlich an ihren Köfferchen?"

„Es läuft eben zurzeit nicht ganz so gut, na und?" antwortete Corinna trotzig.

Und nun trumpfte Herr Kölling auf: „Und genau das habe ich vorhergesagt! Und wer wollte nicht auf mich hören? Wer wollte trotz allem seinen Dickkopf durchsetzen? Aha!"

„Papa, es reicht!" Corinna konnte es nicht fassen. „Bist du etwa von Köln hierher gefahren nur um mir das zu sagen?"

Steffen entschied, vorerst nicht einzugreifen, auch wenn es schwerfiel.

„So ist es! Ich bin gekommen, um euch scheitern zu sehen! Vor allem dich, du *Juwelier.*" Er spuckte das Wort förmlich in Richtung Steffen.

„Und wer hat schon immer gewusst, dass ihr es zu nichts bringen werdet? Wen hat man ausgelacht? Aha!"

Corinna fehlten die Worte. Steffen verschränkte zornig die Arme vor der Brust.

„Jetzt habt ihr den Salat! Denn jetzt hat Andreas ein Haus und ratet mal, bei wem sich die Geldeintreiber nicht die Klinke in die Hand geben."

„Wenn du diesen Trottel Andreas noch einmal erwähnst…" knurrte Corinna finster.

„Na hat Andreas Schulden oder ihr? Wird Andreas die eidesstattliche Versicherung abgeben oder ihr? AHA!" Dieses finale *Aha!* klang wie das röchelnde Gurgeln eines gerade überfahrenen Tieres.

„Wenn du dann jetzt fertig bist, Herr *Arrrghhaa"*, schaltete sich Steffen mit einer Stinkwut im Bauch ein. „Dann lass' dir gesagt, sein, dass du eine einzige Schande bist!"

Kölling wollte protestieren, doch Steffen brüllte ihn einfach nieder: „Was bist du eigentlich für ein Vater? Hättest du auch nur einen Funken Anstand, dann würdest du wenigstens deine Tochter unterstützen. Und wenn du mit mir dreimal nicht klarkommst! Stattdessen kommst du hier in mein Geschäft und geilst dich daran auf, dass wir momentan einen ziemlichen Haufen Ärger am Hals haben! Geht's eigentlich noch? Das ist widerlich! Zum Kotzen!"

Corinna packte ihn am Arm. „Ist okay, bleib ruhig. Ich schätze, was jetzt kommt ist meine Aufgabe." Die blauen Augen unverwandt auf ihren Vater gerichtet, fuhr sie fort: „Verlassen Sie bitte sofort unseren Laden!"

„Was?" Kölling war entgeistert.

„Sie haben richtig gehört. Dort ist die Tür." Damit deutete sie auf den Ausgang.

„Du redest mit deinem Vater!" empörte sich Kölling.

Corinna explodierte: „Mein Vater ist hier auch jederzeit willkommen, aber auf Arschlöcher kann ich verzichten. Und jetzt raus aus meinem Laden!"

Kölling lachte böse. „Das ist ohnehin nicht mehr lange dein Laden, mein Kind. Und komm' dann

bloß nicht angerannt und bitte um Hilfe."
Damit machte er kehrt und ging.

„Übergeschnappt", Corinna sog zitternd an ihrer Zigarette. „Er muss den Verstand verloren haben."
Steffen schwieg.

VI

Steffen tippte die Nummer des Immobilienbüros in sein Handy. Das Telefon in der Mittelbachgasse war ja nicht mehr angeschlossen und scheinbar hatte diese Aktion ihre Wirkung nicht verfehlt, denn der Kundenstrom begann wieder zu tröpfeln. Allerdings wurde es eng. Denn heute war ihnen die Kündigung des Mietvertrags ins Haus geflattert. Allerdings mit der Bitte um schnelle Kontaktaufnahme.
„Ja, äh, Waidmann hier", stotterte er etwas verlegen. Es war ihm peinlich, sich mit seinen Vermietern auseinanderzusetzen. Die konnten ja nicht wissen wie es momentan aussah. In der Vergangenheit hatten sie sich immer als großzügig erwiesen und wie es schien war die Kündigung eher als eine Art Druckmittel gedacht.
„Ah, Herr Waidmann, es freut mich, dass Sie so schnell anrufen. Aber am besten kommen Sie doch einfach kurz rüber in mein Büro."

Wenige Minuten später saß Steffen im Büro von Herrn Hägele, einem kleinen Mann mit Fliege und einer Frisur, die an weiße Zuckerwatte erinnerte.

„Sehen Sie, Herr Waidmann, Sie sind jetzt bereits mit drei Mieten im Rückstand, darum war es überfällig, dass wir handeln." erklärte Hägele, dem es sichtlich leid tat, hier den knallharten Vermieter zu spielen.

„Ja, ich weiß auch nicht, was in der Weihnachtszeit los war", versuchte Steffen sich an einer Rechtfertigung. Er wusste allerdings natürlich genau was los war, hielt es aber für unklug, Herrn Hägele zu erzählen: *Wissen Sie, da taucht regelmäßig so eine alte Fotze bei uns im Laden auf und praktiziert Voodoo-Scheiße garniert mit Wurstli und Sauerkraut.*

„Das Weihnachtsgeschäft war scheinbar generell nicht so großartig. Selbst der Herr Feil vom Modehaus hat dieses mal auf eine Selbstbeweihräucherung im Behlener Tagblatt verzichtet. Und der gibt ja für gewöhnlich sogar eine Kundenreklamation als gewaltigen Erfolg aus." witzelte Hägele. „Aber, um auf das Gebäude Mittelbachgasse zurückzukommen: Wir haben Ihnen jetzt einmal eine Frist von zwei Wochen gesetzt. Wenn Sie bis dahin mit einer ausreichenden Teilzahlung gewissermaßen Ihren guten Willen zeigen… Ich meine, die Eigentümer sind sehr vermögend und nicht zwingend auf die Mieteinnahmen angewiesen. Ehrlich gesagt sind sie sogar froh, dass der alte Kasten endlich wieder genutzt wird, und neue Mieter zu finden ist immer eine etwas lästige Angelegenheit."

„Das klingt sehr großzügig." gab Steffen zu. „Also, momentan sieht es danach aus, als wäre das Jammertal durchschritten. Ich schaue mal, wie viel ich bis Ende nächster Woche zusammenkratzen kann."

„Gut, und dann melden Sie sich bitte gleich bei mir. Je nachdem wie viel sie zusammenbekommen handeln wir dann mit Madame Legrasse eine Verlängerung des Mietvertrags oder zumindest eine Frist für einen Räumungsverkauf aus."

„Ich danke Ihnen, Herr Hägele!"

„Nichts zu danken! Wissen Sie was für einen Ärger man mit Räumungsklagen haben kann? Wozu das alles wenn es auch ohne den ganzen juristischen Kram geht!"

Oh ja, so spart man sich einen LSD-Trip mit Alice ins Grisham-Land zu Arsch-und-Titten-Anwälten und dem verrückten Gutachter.

Auf dem Weg zurück ins Geschäft lief ihm Scheuerle über den Weg.

„Ah, Herr Waidmann, haben Sie schon gelesen, was sich diese Mulatten wieder geleistet haben?"

„Öhm, nein…". Sicher wieder irgendein unwichtiges Vergehen, für das man nach Scheuerles Ansicht in ein Lager gehörte.

„Den Sohn vom Schumacher Kleibert haben sie verprügelt. Stellen Sie sich das vor, der wollte in die Fußgängerzone auf seinen Stellplatz fahren, da hat ihm so ein Georgier die Vorfahrt genommen! Der junge Kleibert hat natürlich völlig zu Recht gehupt, dieses fremde Volk soll sich gefälligst an deutsche Verkehrsregeln halten!" erzählte Scheuerle und strich durch seinen Nietzsche-Bart.

„Oh, das ist ihm dann wohl nicht sonderlich gut bekommen, oder?" fragte Steffen. Er kannte den jungen Kleibert, ein typischer Halbstarker, der mit seinem tiefergelegten Golf einen ziemlich heißen Reifen fuhr und vermutlich dem Hupen noch einen Stinkefinger hinzugefügt hatte.

„Ja das können Sie laut sagen. Diese Georgier, das sind ja alles Muselmanen, *Muselmanen*, sag' ich Ihnen. Die ziehen ihr Handy so schnell wie ein Cowboy seine Pistole – und ruckzuck sind Scharen von denen versammelt."

„Autsch!" meinte Steffen.

„Ja, Autsch!" Scheuerle schlug die rechte Faust in die linke Handfläche. „Haben ihn noch auf dem Parkplatz zusammengeschlagen, diese Muselmanen. Also, wenn ich an der Macht wäre..." Mit erhobenem Zeigefinger rückte Scheuerle näher.

„...würden Sie sie in Lager stecken." beendete Steffen den Satz und sah sich nach einer Fluchtmöglichkeit um.

„Jawoll! Natürlich keine *solchen* Lager..."

(Jaja, dir schweben da wohl eher Lager zur Verkehrserziehung vor. Scheuerles Fahrschule für den unartigen Migranten. Lektion 1: Wie verhalten sich Muselmanen, wenn ein Deutscher die deutsche Hupe seines deutschen Volkswagens deutsch hupen lässt...)

Sicher, was mit dem jungen Kleibert passiert war, war eine Sauerei. Aber diese Lagerleier hier war unerträglich.

„…dann wäre Deutschland wieder sicher! Ich weiß gar nicht, wie Sie das in Ihrem Geschäft machen."

„Wie meinen Sie das?" fragte Steffen.

„Na bei all den Mulatten und Muselmanen! Da sind Sie mit Ihren vielen Wertsachen doch des Lebens nicht mehr sicher!" Scheuerle klang besorgt.

„Ach, ich komme schon zurecht." winkte Steffen ab.

„Also ich finde, Sie sollten sich eine Waffe beschaffen." ermahnte Scheuerle. „Wenn unsere Gesellschaft weiter so vernegert…"

(Bitte, nicht schon wieder Hitolf Adler!)

„Dazu müsste ich in einen Schützenverein. Und ich bin nicht gerade der geborene Vereinsmeier." stellte Steffen nüchtern fest. Allerdings fiel ihm seine Vorstellung von einem abgeschossenen Kopf wieder ein, von einem Kopf mit rotem Borstenhaar und einem höhnischen Grinsen im dummen Gesicht.

„Wer redet von Schützenvereinen. Wenn ich meine Kontakte nach Tschechien ein wenig spielen lasse…" deutete Scheuerle an.

„Naja, Tschechen, sind das nicht auch Muselmanen die mit Iwan unter einer Decke stecken?" spottete Steffen.

„Himmel nein! Man muss da ja unterscheiden zwischen dem gewöhnlichen Tschechen und beispielsweise den Sudeten oder anderen Deutschstämmigen."

„War ja auch nur ein Witz! Herr Scheuerle, nichts für ungut, ich muss dringend weiterarbeiten." Mit einem theatralischen Blick auf die Armbanduhr verdrückte sich Steffen.

VII

Eine Waffe zu besorgen war unnötig.

Frau Grässle blieb weg und konnte aufgrund des ausgesteckten Telefons auch nicht mehr anrufen. Steffen und Corinna benutzten nur noch ihre Handys und waren sehr vorsichtig mit der Herausgabe ihrer Nummern, der Rest ging über Email.

Die Kundschaft fand wieder ihren Weg in den Laden, einige Neukunden beteuerten sogar, sie hätten ja gar nicht gewusst, dass es in Behlen so ein erstklassiges Juweliergeschäft geben würde, und nach und nach entspannte sich die Lage.

Steffen konnte wie vereinbart eine größere Summe an das Immobilenbüro Hägele überweisen womit die Kündigung des Mietvertrags zurückgenommen wurde; Zähringer erschien pünktlich einmal die Woche, nahm hundert bis hundertfünfzig Euro in Empfang und stellte im Gegenzug eine Quittung aus; sogar mit Schmidt konnte man nun verhandeln.

Corinna war zwar eindeutig dagegen, weiterhin mit Schmidt zusammenzuarbeiten, doch so einfach ließ sich ein Steuerberater nicht auswechseln. Schmidt saß nämlich wie eine fette Spinne auf den Unterlagen der beiden längst überfälligen Jahre bis zum Zeitpunkt seines letzten Telefonats mit Steffen. Zwar hatte er in der ganzen Zeit noch keine Rechnung geschickt oder anderweitig Druck ausgeübt – aber das war auch gar nicht nötig, denn diese Akten reichten als Druckmittel völlig aus.

Ein neuer Steuerberater hätte sie nämlich bei Schmidt anfordern müssen und wäre aufgrund noch offener Rechnungen abschlägig beschieden worden. Womit die Waidmanns im günstigsten Fall von vorneherein als Mandanten mit schlechter Zahlungsmoral dagestanden wären. Und diese Blöße wollten sie sich dann auch nicht geben.

Nach einigem Hin und Her und einer Teilzahlung bequemte sich Schmidt schließlich dazu, die Abschlüsse endlich zu machen. Sonntagabends im zähneknirschenden Beisein von Steffen.

Eines Tages, dachte dieser finster während Schmidt die letzten Berechnungen anstellte und schließlich die benötigten Auswertungen ausdruckte, *eines Tages revanchiere ich mich für diese kleine Machtdemonstration.*

Doch es gab auch Grund zur Freude. Dieser schmuddelige Steuerberater mit seinen langen, dreckigen Fingernägeln und den auf den Schultern seines Jacketts verteilten Kopfschuppen hatte nämlich tatsächlich eine Rückzahlung berechnet. Eine Rückzahlung, die sogar höher als erwartet ausfiel.

Steffen warf die Papiere noch in derselben Nacht in den Briefkasten des Finanzamts.

Schließlich erteilte Professor Fink noch den Auftrag zur Anfertigung eines Anhängers, den die Waidmanns diesmal schriftlich dokumentierten.

Alles bestens also. Ende.

Ende?

Natürlich nicht, wo denken Sie hin!

Denn schon bald streckte unser aller Liebling, die einzigartige und unvergleichliche Frau Grässle wieder ihren hässlichen Kopf zur Ladentür herein als Steffen gerade in der Werkstatt arbeitete und Corinna einem Ehepaar diverse Ohrringe vorlegte.

„…und das hier sind Blautopase. Im direkten Vergleich mit den Saphiren hier…"

„Ja grüß Gott Frau Waidmann! Sie, ich muss gleich auf den Bus, aber ich habe gestern wieder Sauerkraut gemacht."

Corinna wollte schreien, aber die Kunden hätten sie vermutlich für eine Irre gehalten.

„Ich komme jetzt auch wieder öfter zu Ihnen, merken Sie was? Das bin ich!" Damit humpelte sie auf ihren Stock gestützt von dannen.

Das darf nicht wahr sein! Neinneinnein!

Sie zwang sich zur Ruhe. „Also, im Vergleich zu den beiden Saphiren sind die Blautopase natürlich…"

„Ach wissen Sie", sagte der Mann, „ich denke, wir überlegen uns das noch einmal."

„Ja, so eine Entscheidung müssen wir uns erst noch einmal durch den Kopf gehen lassen." bestätigte seine Frau. „Wiedersehen!"

Neinneinnein!

Tatenlos musste Corinna mit ansehen, wie Frau Grässle erneut die Kunden vergrault hatte.

„Jetzt reicht's!" Steffen schleuderte einen Hammer durch die Werkstatt. „Wenn die noch einmal diesen Laden betritt ziehe ich ihr meinen Ringriegel über ihren Borstenkopf!"

Er musste an die Kipperkarte mit der Bezeichnung *Ein langer Weg* denken. Nahm dieser Weg denn gar kein Ende? Würden Sie hier wer weiß wie lange ständig am Rande des Abgrunds vor sich hin wursteln,

(Wurstli der Wunderhund wedelt freudig mit dem Schwanz)

Schulden abbauen, nur damit sich diese danach wieder aufhäuften, bestenfalls ein kurzzeitiges Nullniveau erreichen ohne je in einen wirklich positiven Zustand des Glücks zu kommen? Und all das aus nicht nachvollziehbaren Gründen nur weil ein abscheuliches altes Weib Langeweile hatte?

Corinna schäumte ebenfalls vor Wut. Wenn Frau Grässlich wenigstens nicht so flink wäre. Oder wenn wenigstens keine Kunden dagewesen wären! Corinna ging jede Wette ein, dass die Grässle den Laden heimlich beobachtete und es kein Zufall war, dass sie gerade zu diesem für sie äußerst günstigen Zeitpunkt hereingeschneit war.

Sie ärgerte sich, dass sie nicht zumindest ein lautes „RAUS!" gebrüllt hatte. Verdammt noch mal, sie hatte ihren eigenen Vater aus dem Laden geworfen, und diese alte Lebkuchenhexe tanzte ihr auf der Nase herum!

Die Begehung und die Weihräucherei hatten jedenfalls bestenfalls temporär eine Wirkung gezeitigt. Aber was sollten sie als nächstes tun? Den Exorzisten rufen? Damit Max von Sydow mit dem Kruzifix herumwedelte während Frau Grässle Erbensuppe kotzte?

Das würde doch letzten Endes genauso wenig nützen wie der Besuch dieses Mediums oder wie auch immer sich die Begeherin korrekt bezeichnete. Nein, Corinna hatte das dunkle Gefühl, dass sie diesen Spuk selbst und aus eigener Kraft beenden mussten. Ohne fremde Hilfe. Aber wie?

Wie nicht anders zu erwarten blieben die Kunden erneut weg und weil das für sich genommen ein wenig langweilig war ließ auch die nächste Hiobsbotschaft nicht lange auf sich warten.

„Was soll das heißen, mein Konto ist gesperrt?" fragte Steffen.

„Tut mir wirklich sehr leid, Herr Waidmann," entschuldigte sich die Sachbearbeiterin von der Bank am anderen Ende der Leitung. „Wir können da nichts machen. Heute morgen haben wir vom

Finanzamt Behlen die Pfändungsverfügung erhalten."

Das war ja zum Verrücktwerden! Steffen wollte für das von Professor Fink in Auftrag gegebene Stück ein wenig Gold bei der Scheideanstalt bestellen und diese hatte aufgrund einiger Zahlungsverzögerungen in der letzten Zeit auf Vorauskasse bestanden. Als Steffen den Betrag überweisen wollte funktionierte das Onlinebanking nicht, obwohl sich der Betrag noch im Rahmen des gewährten Überziehungskredits bewegt hätte und nun hatte er auch die höchst unerfreuliche Erklärung dafür.

„Aber das Konto ist doch sowieso im Minus."

„Das stimmt, momentan beanspruchen Sie Ihren Dispo. Darum konnte das Finanzamt auch nichts abbuchen. Aber Sie sollten das möglichst schnell mit denen klären, denn zum ersten des nächsten Monats ist die Rate für Ihren Kredit fällig, und wenn die aufgrund der Pfändung nicht durchgeht könnte das unangenehm werden." erklärte die Sachbearbeiterin.

Wenn die Kreditrate platzte wäre *unangenehm* stark untertrieben, das würde die Kündigung des Kredits und damit eine sofortige Fälligkeit von ein paar Tausend Euro bedeuten.

„Ok, ich regle das. Verdammt, ich bekomme vom Finanzamt sogar noch eine Rückerstattung!"

„Finanzamt der Stadt Behlen, Vollstreckungsstelle." meldete sich eine weibliche Stimme, die sich unglaublich dick anhörte.

„Ja, Waidmann hier, ich hätte gerne den Herrn Zähringer gesprochen."

„Tut mir leid, der Herr Zähringer ist diese Woche im Urlaub. Worum geht es denn?"

Nach einer kurzen Schilderung des Sachverhalts und der Angabe der Steuernummer erklärte die fette Frau am Telefon (es musste einfach eine fette Frau sein, eine, die den ganzen lieben langen Tag nur ihren fetten Hintern im Büro breitsaß und dabei immer fetter wurde, vielleicht noch alle halbe Stunde eine Packung Pralinen in sich reinstopfte und nebenbei Wege ersann, wie man den Steuerzahler schikanieren konnte, zur Strafe dafür, dass sie so fett war) erneut, dass Herr Zähringer im Urlaub sei.

„Ja, das haben Sie mir ja schon gesagt." presste Steffen ärgerlich hervor.

„Und als seine Vertretung betreue ich nun Ihren Fall bis er wieder da ist."

(Na toll!)

„Ich habe jedenfalls festgestellt, dass wir noch unbezahlte Forderungen gegen Sie vorliegen haben und da Sie Ihrer Zahlungsverpflichtung bisher nicht nachgekommen sind wurde Ihr Konto gepfändet." Steffen konnte sich bildhaft vorstellen, wie sie sich dafür mit stolz geschwellter Brust selbst auf die Schulter klopfte.

„Herr Zähringer ist doch aber regelmäßig bei mir vorbeigekommen." protestierte Steffen. „Wir hatten eine Vereinbahrung…"

„Herr Zähringer ist momentan im Urlaub, Ihren

Fall betreue in der Zwischenzeit ich."

(Wie oft denn noch?)

Steffen zwang sich zur Ruhe, Leute vom Finanzamt anzubrüllen war äußerst unklug wenn er hier etwas erreichen wollte: „Ich sage Ihnen nochmals, der Herr Zähringer hat mit mir vereinbart…"

„Das spielt keine Rolle. Herr Zähringer ist momentan im Urlaub."

Ja war denn das zu fassen! Diese blöde Ziege richtete hier Unheil an und schaltete dann einfach auf stur!

Steffen änderte seine Taktik: „Außerdem habe ich vor ein paar Tagen die fälligen Steuererklärungen eingereicht. Nach Berechnung meines Steuerberaters wird da eine ordentliche Rückzahlung herauskommen, weil ich schon seit zwei Jahren Vorauszahlungen zur Einkommenssteuer leiste, die gar nicht fällig sind."

„Auch das spielt keine Rolle, Herr Waldmann."

(Ich geb' dir gleich einen Waldmann!)

„Ich nehme an", fuhr sie fort, „Ihre Erklärungen liegen momentan noch im Posteingang. Außerdem müssen sie erst geprüft und anschließend veranlagt werden. Und selbst wenn dann ein Guthaben dabei herauskommt, was ich jetzt einfach mal bezweifle, entbindet Sie das nicht von Ihrer Pflicht."

(Soso, du bezweifelst jetzt einfach mal. Soll ich dir sagen, was ich bezweifle? Ich bezweifle, dass du mit zwei Händen dein Arschloch findest! Und

überhaupt, was arbeitet Ihr eigentlich den Tag über wenn das Zeug jetzt noch in der Poststelle vergammelt?)

Steffen atmete tief durch. Dann fragte er: „Wie hoch ist eigentlich die Forderung momentan?"

„Das müsste ich erst nachsehen.".

„Dann würde ich vorschlagen, dass Sie genau das tun." Steffen wurde langsam unbeherrscht.

Am anderen Ende der Leitung schnaubte es genervt und es war einige Zeit nur das Klappern einer Tastatur und das Klicken einer Computermaus zu hören.

(Wahrscheinlich chattet Sie jetzt absichtlich erst noch eine Runde oder schaut sich Fotos von Typen mit Riesenschwänzen an, die sie nie ins Bett bekommt.)

Nach einer gefühlten Ewigkeit meldete Sie sich wieder. „Tja, Herr Waldmann…"

(Der Waldmann kommt gleich mitsamt der Wilden Jagd bei dir vorbeigerauscht und veranstaltet sein ganz spezielles Fitnessprogramm für fette Büroschlampen mit dir!)

„…so wie es aussieht, schulden Sie uns momentan vierhundertzwölf Euro und achtundsiebzig Cent."

„Soll das heißen, Sie pfänden mir wegen vierhundert Euro mein Konto? Das ist ja wohl ein Witz!" Steffen konnte es nicht fassen.

„Ich kann da keinen Witz erkennen. Zumal ja am nächsten ersten die nächste Vorauszahlung fällig wird." erklang es ungerührt. „Solange Sie diesen Betrag nicht begleichen, kann ich die

Kontenpfändung jedenfalls nicht aufheben!"

„Okay, in Ordnung", Steffen rechnete kurz nach, „vierhundertzwölf Euro…"

„Und achtundsiebzig Cent." ergänzte die Beamtin.

(Vielen Dank für diesen Hinweis, bei so einem mörderisch hohen Betrag ist das überaus sinnvoll!)

„Also, das müssten Sie doch theoretisch einfach von meinem Konto abbuchen können. Mein Kontokorrentkredit reicht dafür." schlug Steffen vor.

„Das wäre eine Möglichkeit. Aber ich wollte damit warten, bis Herr Zähringer wieder aus dem Urlaub zurück ist. Ich vertrete ihn nämlich nur und will ihm da nicht zu sehr hineinreden."

„Ja warum pfänden Sie dann überhaupt, wo doch der Herr Zähringer für alles zuständig ist?" Steffen fasste sich an den Kopf. War die denn bescheuert?

„Herr Zähringer ist momentan im Urlaub und ich vertrete ihn." bekräftigte sie erneut.

„Oh ja, und wie ich sehe machen Sie das großartig!" spottete Steffen böse. „Wie stellen Sie sich das jetzt vor? Soll ich etwa warten, bis der Herr Zähringer wieder aus dem Urlaub kommt?"

„Ja! Dann bezahlen Sie entweder direkt bar bei ihm oder wir buchen den Betrag von Ihrem Konto ab."

(Baby, du bist sooo scheiße!)

„Und ich komme derweil nicht an mein Geld ran, oder wie?" fragte Steffen.

„Ich kann Ihnen da leider auch nicht weiterhelfen. Herr Zähringer ist momentan im Urlaub."

„Die alte hat ja nen Knall!" schimpfte Corinna. „Außerdem, wenn sie schon zu blöd dazu ist, den Betrag einfach abzubuchen gibt es auch noch Direktüberweisungen! Oder du bringst ihr das Geld im Büro vorbei!"

„Besser nicht", meinte Steffen. „Könnte sonst Verletzte geben."

Verletzte? Nein, Tote würde es geben. Um genauer zu sein eine ganz spezielle Tote. Wieder und wieder dachte er an die Kipperkarte mit dem Todesfall, die direkt neben dem Neuanfang gelegen hatte und an seine scherzhafte Bemerkung „Juwelier erschießt Rentnerin".

Er hatte die Nase gestrichen voll. Es war Zeit, in der Causa Grässle etwas zu unternehmen wenn er den langen Weg der Mühsal und Widerwärtigkeiten nicht weiter, womöglich bis ans Ende seiner Tage, beschreiten wollte.

VIII

Das Haus am Bärenried wirkte bei Nacht noch weniger einladend.

Aufgrund dichter Bewölkung war es stockfinster, doch Steffen war dies mehr als recht. So konnte er sich hier im Schutze der Dunkelheit noch einmal gründlich umsehen.

Zwar standen die Chancen, hier auf Frau Grässle

zu treffen eher schlecht und angesichts der Pistole in seiner Jackentasche war das auch besser so, aber vielleicht ließen sich in diesem verfallenden Bauwerk wenigstens Hinweise finden, die ihn der Lösung seines Problems näherbrachten.

Er umfasste die Pistole. Sie gab ihm ein Gefühl der Sicherheit, denn es war nicht auszuschließen, dass hier irgendwo dieser alte Kauz mit seiner Forke des Todes herumgeisterte. Und noch einmal würde sich Steffen nicht so einfach davonscheuchen lassen.

Die Pistole hatte ihm natürlich Scheuerle vermittelt. Gemeinsam mit dem Möchtegern-Lagerkommandanten hatte er einen bulligen alten Glatzkopf aufgesucht, der in seinem Haus eine Art Museum für Krempel aus dem Dritten Reich eingerichtet hatte.

Steffen schämte sich dafür, mit solchen Leuten gemeinsame Sache zu machen. Seine Großmutter hatte standhaft jahrelang den Hitlergruß verweigert und er stand nun inmitten von Büsten, Fahnen, Orden und anderen Sammelobjekten und hörte sich geduldig diverse Verschwörungstheorien an, die einem die Haare zu Berge stehen ließen.

Der Glatzkopf war nämlich wie nicht anders zu erwarten ein ganz anderes Kaliber als Scheuerle mit seinen Lagern (keinen *solchen!*) und der Vernegerung.

„Das liegt alles an den Niggern! Vor allem aber an den Niggern im Nahen Osten, die auf unserem

Öl sitzen, denn das sind nicht einmal reinrassige Nigger!"

„Aha!" stellte Steffen zaghaft fest.

„Das sind Muselmanen", bekräftigte Scheuerle.

„Wenn ich an der Macht wäre..."

„Stecken alle mit den amerikanischen Finanzjuden und dem Iwan unter einer Decke. Ich sage Ihnen, da muss man gerüstet sein, sonst stehen die Nigger irgendwann in Ihrem Wohnzimmer."

Steffen wurde schlecht. Trotzdem ergriff er die Gelegenheit. „Ja, ähm, genau, deswegen..."

„Deswegen braucht ein deutscher Mann eine Waffe, um sich und sein Eigentum zu beschützen!" Der Glatzkopf klopfte ihm kameradschaftlich auf die Schulter. „Kommen Sie mit, ich habe da genau das richtige für Sie!"

Damit führte er Steffen und Scheuerle die Kellertreppe hinab.

Allem Anschein nach plante dieser etwas in die Jahre gekommene Skinhead eine Invasion in einem kleinen Land. Der Keller war bis unters Dach vollgestellt mit Waffen und Munition aller Art. Steffen erkannte im Zwielicht einige Kalaschnikows, ein MG auf einem Dreifuß, sogar einige Handgranaten hatte dieser Irre hier herumliegen.

Wenn das hier vorbei ist werde ich wohl der Polizei mal einen anonymen Tipp geben, beschloss Steffen bei sich. Ein solches Waffenlager hinter der Fassade eines gutbürgerlichen Reihenhäuschens war seiner

Meinung nach jedenfalls mehr als erschreckend.

„Hier, das hier ist eine Pistole 08, auch Luger genannt. Großdeutsche Präzisionsarbeit! Damit erledigen Sie jeden Nigger, der Ihren Laden betritt."

Misstrauisch beäugte Steffen diese alte Pistole. Das Ding stammte ja noch aus dem Zweiten Weltkrieg.

„Also ich weiß nicht", tat er zaghaft seinen Unmut kund, „ich hätte da schon eher an etwas Moderneres gedacht."

„Modern ist nicht gleich besser!" belehrte ihn Scheuerle mit erhobenem Zeigefinger. „Durch die Vernegerung unserer Gesellschaft…"

„Mit einer solchen Waffe hat mein Vater auf der Insel Krim fünfzehn Bolschewiken erledigt. Glauben Sie mir, für Ihr Niggerproblem ist die wie geschaffen." erklärte der Skinhead.

(Ich habe doch gar kein Niggerproblem! Mein Problem sind durchgeknallte Deutsche von denen ich scheinbar täglich mehr kennenlerne!)

„Wenn Sie einverstanden sind, Kamerad, lege ich noch ein Päckchen Munition gratis mit drauf."

Kamerad. Steffen erschauerte bei der Vorstellung, der Kamerad eines solchen Spinners zu sein. Aber er sah keine andere Möglichkeit, als gewissermaßen den Teufel mit dem Beelzebub auszutreiben.

Zwar hatte er nicht vor, Frau Grässle kurzerhand umzunieten. Aber er wollte sich das alte Haus in Rauenberg noch einmal genauer ansehen und wenn möglich diese alte Kuh endlich zur Rede stellen. Notfalls auch einschüchtern, damit sie ihn und seine Frau endlich in Frieden ließ.

Niggerproblem, dass ich nicht lache! Er hatte einige farbige Kunden, auch Scheuerles Muselmanen und andere Menschen mit Migrationshintergrund zählten zur Kundschaft (natürlich nur sofern überhaupt Kunden in seinen Laden kamen), seine besten Geschäftskontakte waren Juden und nun nannte ihn der Abschaum der Menschheit *Kamerad.*

Schließlich hatte Steffen mit einigen Magenschmerzen zugestimmt und einen erstaunlich niedrigen Preis entrichtet.

Danach hatte ihm der alte Skinhead noch beiläufig und mit einem Grinsen erläutert, dass es ihn freue, mit einem angesehenen deutschen Geschäftsmann Geschäfte zu machen. Und dass es äußerst unangenehm werden könnte, sollte der deutsche Geschäftsmann den Niggern von der Polizei etwas über diese hübsche Waffensammlung erzählen. „Ich habe da nämlich einige sehr gute Kontakte zum Widerstand Süd, Kamerad. Aber der gute Scheuerle schleppt mir ja keine Nigger ins Haus, nicht wahr?".

(Da habe ich mich ja auf was eingelassen!)

Nun war es zu spät, sich darüber noch Gedanken zu machen. Wenn alles erledigt war würde er die Waffe gründlich reinigen und irgendwo in einem tiefen See verschwinden lassen. Wenn es gut lief ohne überhaupt einen Schuss abgefeuert zu haben.

Die schief in ihren Angeln hängende Haustür ließ sich problemlos öffnen. Sicherheitshalber zog Steffen sie wieder zu bevor er es riskierte, seine Taschenlampe einzuschalten.
Er stand in einem verwahrlost wirkenden Flur, eine morsche Treppe führte nach oben in den ersten Stock, einige türlose Durchgänge in die angrenzenden Zimmer.
Da er der Treppe nicht über den Weg traute durchforschte Steffen zunächst das Erdgeschoß. Zu seiner Enttäuschung war hier aber praktisch leergeräumt. Er fand lediglich Schutt, einige Zigarettenkippen, einen schimmligen Schlafsack, den vermutlich ein Obdachloser vergessen hatte und in einem Winkel zwei benutzte Spritzen.
(Aha, die Drogensüchtigen waren da.)
Blieben der Keller und das Obergeschoß. Er zögerte.
Wenn Corinna wüsste was ich hier mache würde sie mich in der Psychiatrie einliefern, dachte er bei sich, *da schleiche ich wie ein Trottel mit der Pistole von Biff dem Nazi in der Tasche hier herum und finde sowieso nichts außer Staub. Naja, was soll's!*
Vorsichtig tastete er sich nach oben.
Hier war alles voller Spinnweben, und es sah nicht so aus, als ob in den letzten Jahren außer diesen ekelhaften Achtbeinern oder dem einen oder anderen Nager jemand hier gewesen wäre.

Außerdem war das Dach undicht, es roch intensiv nach Moder und Feuchtigkeit.

Draußen im Garten leuchtete der Lichtkegel einer Taschenlampe. Steffen hielt die Luft an und knipste seine eigene Leuchte aus. Verdammt! Das war doch tatsächlich dieser alte Bauerntrottel.

„He da!" rief der Mistgabelmann und näherte sich der Haustür. „Ich weiß dass ihr da drin seid, ihr verdammten Drogensüchtigen!"

Steffen kauerte sich in eine dunkle Ecke des Obergeschosses und verhielt sich still. Eine Auseinandersetzung mit dem Blutfarmer war jetzt das letzte, das er gebrauchen konnte, immerhin war er widerrechtlich hier eingedrungen und hatte eine illegale Schusswaffe in der Tasche.

Der alte stand derweil bereits in der Diele und leuchtete mit seiner Taschenlampe herum.

„Eure Drogen könnt ihr woanders nehmen, ihr elenden Drogensüchtigen! Das hier ist Privatgrund und keine Drogenhöhle!"

Steffen hörte ihn unten herumtappen. „Kommt endlich raus! Ich weiß dass ihr hier seid!"

Nun knarzten seine Schritte die Treppe herauf.

Steffen biss sich auf die Lippen. Und es fiel ihm ein, was er vergessen hatte. Verdammt, jeder Einbrecher, der etwas auf sich hielt hätte wenigstens eine Sturmhaube oder eine vergleichbare Maskerade dabei gehabt.

Andererseits, was machte es schon. Selbst wenn ihn dieser alte Bauerntrampel erkennen und anzeigen würde könnte er immer noch alles abstreiten. Der Kerl wirkte nicht glaubwürdiger als beispielsweise Karamanlis, Steffen hingegen war immerhin ein ehrbarer Geschäftsmann und es gab keinen rationalen Grund dafür, dass er sich nachts in leerstehenden alten Häusern mitten in der Pampa herumtreiben sollte. Er zog die ungeladene Pistole aus der Jackentasche.

Der alte war inzwischen im oberen Stockwerk angelangt.

„Ich sag's jetzt zum letzten Mal, kommt raus ihr Drogensüchtigen!"

„Keine Bewegung!" Steffen bemühte sich, dies so bedrohlich wie möglich klingen zu lassen.

„Was zum…?"

„Ruhe!" herrschte Steffen den alten Mann an. „Und legen Sie diese verdammte Mistgabel weg!"

Der alte gehorchte. „Sie schon wieder!" stellte er fest. „Ich habe Ihnen doch schon gesagt…"

„Gar nichts haben Sie gesagt, darum bin ich ja noch mal hier rausgefahren." sagte Steffen weniger streng. „Hören Sie, alles was ich will sind endlich ein paar Antworten."

Der alte spuckte verächtlich aus. „Gässler ist seit fünfzig Jahren tot. Seitdem steht dieses Haus leer und ich kümmere mich darum, dass hier keine Drogensüchtigen ihre Drogen nehmen."

„Bullshit!" schrie Steffen. „Sie schleichen doch nicht mitten in der Nacht wegen einiger Junkies hier draußen herum! Ich will endlich wissen, was hier gespielt wird!"

Der alte Mann in der blauen Latzhose blieb trotzig. „Was wollen Sie überhaupt von Gässler?"

„Nichts, eigentlich bin ich wegen seiner Frau oder Tochter hier." erklärte Steffen sachlich.

Dem alten Mann klappte die Kinnlade herunter. So gut man das im Schein der Taschenlampen erkennen konnte wurde er kreidebleich.

„Heiligerjesusmariamuttergottes!" flüsterte er.

„Ja, das fasst das in etwa zusammen", lächelte Steffen müde. „Sehen Sie, die Waffe hier, die werde ich jetzt wegstecken. Sie ist ohnehin nicht geladen. Und dann helfen Sie mir bitte. Ich stecke wirklich in großen Schwierigkeiten."

„Und ich nehme an, diese Schwierigkeiten haben mit der alten Gässler zu tun." stöhnte der Mann.

„Gässler war ein furchtbarer Mann", erzählte der alte, der sich inzwischen als Karl-Heinz Hafner vorgestellt hatte. „Er war der reichste Bauer hier in Rauenberg und viele munkelten, dass das nicht ganz mit rechten Dingen zugegangen sei. Er hatte außerdem so einen riesigen Hund, vor dem ich immer furchtbare Angst hatte. Sie müssen wissen, ich war damals ja noch jung, noch keine zwanzig. Und Gässler hat sich immer einen Spaß daraus gemacht, mit dem Hund hier durchs Dorf zu flanieren und ihn auf die Leute zu hetzen.

Danach ging er ins Wirtshaus – das ist schon lange abgerissen worden, es stand ungefähr dort wo Buchklotzer jetzt seine Tierarztpraxis hat – hat sich vollaufen lassen und im Suff alles und jeden beleidigt, aber wegen des Hundes hat sich natürlich nie jemand mit ihm angelegt.

Seine Frau, Cäcilia Gässler, hat so gut wie nie

jemand zu Gesicht bekommen. Wenn sie überhaupt einmal das Haus verließ hat sie sich immer völlig schwarz vermummt. Kam aber nicht aus dem Morgenland, die alte. Angeblich hatte sie nämlich schwere Verbrennungen überall im Gesicht und am Körper, aber das kann natürlich auch nur das typische Dorfgerede gewesen sein.

Jedenfalls waren die beiden so allein für sich schon nicht geheuer, aber obendrein ging es in diesem Haus hier auch noch um. Man hörte nachts die merkwürdigsten Geräusche, Bauer Wieland sah einmal sogar merkwürdige Lichter und hier im Dorf war man sich schnell einig, dass die Gässlers mit dem Teufel im Bunde sind.

Sie können sich vorstellen wie verängstigt wir hier alle waren deswegen. Damals war der Teufel noch ernstzunehmen, nicht so wie heute, wo man ihn bestenfalls als das Böse im Menschen zu erklären versucht und die Leute in der Kirche lieber Predigten über Umweltschutz oder Armut in der Dritten Welt hören. Nein, nein, der Teufel war damals noch eine Person und wohnte hier am Bärenried.

Der alte Gässler kam übrigens mit der Zeit immer mehr herunter. Sie wissen schon, rote Nase, rote Augen und die Leber klein, aber dafür hart wie Stein.

Und dann, irgendwann, verschwanden auf einmal die Katzen. Also nicht alle auf einmal, sondern so nach und nach.

Und danach die Kinder!"

Der alte schüttelte sich.

„Das klingt ja entsetzlich!" auch Steffen war sichtlich unwohl. Hatte Frau Grässle nicht irgendwann davon erzählt, dass sie der Nachbarskatze immer ein Schälchen voll Milch vor die Tür stellte?

„Ja, das war es auch. Vor allem, was wir danach getan haben.

Jedenfalls verschwand erst der Sohn der Müllers und dann die Tochter des Gastwirts. Und Bauer Wieland hatte Gässler mit einem zappelnden Sack durch den Wald laufen gesehen.

Das war dann schlicht und einfach genug. Wir Männer aus dem Dorf haben uns versammelt und sind losgezogen um mit dem Teufelsgesindel kurzen Prozess zu machen. Allerdings haben wir nur Gässler erwischt. Es war furchtbar."

Er brach mit heiserer Stimme ab. Scheinbar kämpfte er mit den Tränen.

„Eigentlich hätten wir dieses ganze verdammte Haus niederbrennen sollen, aber das hätte zu sehr nach einem Lynchmob ausgesehen." meinte er schließlich.

„Warum haben Sie nicht die Polizei gerufen?" fragte Steffen.

„Ha, die hätte uns doch als abergläubische Bauern abgetan. Für die Stadtbewohner sind wir hier draußen doch bis heute bestenfalls Inzuchtkrüppel die es mit dem Vieh treiben." Hafner lachte bitter, dann fuhr er fort:

„Nachdem Gerd und Eugen den Hund erschlagen hatten – der lief nämlich frei auf dem Grundstück herum und hat Eugen übel zugerichtet –

erwischten wir Gässler schließlich im Keller.
Dort sah es vielleicht aus, kann ich Ihnen sagen…
Das Mädchen war noch in einen Sack verschnürt,
aber der Junge der Müllers hatte weniger Glück.
Er hing mit durchgeschnittener Gurgel von der
Decke." Hafner schluchzte. „Diese Teufel haben
ihn ausbluten lassen wie ein Schwein."

„Mein Gott!" war alles, was Steffen tonlos über
die Lippen brachte.

„Ja, das dachten wir damals auch. Nur hatte Gott
gewiss nichts damit zu tun. Mit dem Blut des
Jungen hatte Gässler Boden und Wände
beschmiert, irgendwelche Zauberkreise und
Teufelszeichen, nehme ich an. Weiß der
Schinder, was der und seine Alte da für ein Ritual
durchführen wollten!
Aber er kam nicht mehr weit!
Wir haben ihn geschnappt und ihn aus seiner
schwarz-roten Robe rausgeprügelt, danach hielten
wir es für mehr als gerecht, den alten Drecksekerl
in seinem Keller an die Wand zu nageln.
Irgendjemand brachte dann eine Schubkarre mit
gelöschtem Kalk."

„Autsch!" sagte Steffen.

„Ja autsch! Ich habe vorher und nachher nie mehr
einen Menschen so schreien gehört. Und vor
allem werde ich diesen Anblick mein Lebtag
nicht vergessen. Haben sie schon einmal gesehen,
wie einem Menschen das Fleisch von den
Knochen schäumt?"

Steffen schüttelte den Kopf. Auf einen solchen
Anblick konnte er definitiv verzichten.

„Von der alten Hexe fehlte allerdings jede Spur. Was von ihrem Mann noch übrig war haben wir dann einfach im Garten vergraben. Für das Wachstum des kleinen Kirschbaums da draußen war das wohl nicht gerade förderlich."

Steffen rechnete kurz nach. „Und Sie sagen, dass das vor fünfzig Jahren etwa passiert ist?"

Hafner bejahte die Frage.

„Dann kann es sich aber eigentlich bei der Frau Gässler bzw. Grässle nicht um die gleiche Frau handeln, denn sie war ja damals schon alt, oder?"

„Wer weiß?" murmelte Hafner, „Aber kommen Sie mit, ich zeige Ihnen noch den Keller!"

Steffen war nicht sicher, ob er wirklich dort hinunter wollte.

„Dort drüben haben wir den Lump gekreuzigt!" Hafner deutete auf eine der Wände, aus der noch immer zwei große, schmiedeeiserne Nägel ragten.

Steffen pfiff durch die Zähne.

„Was für Sie aber am interessantesten sein dürfte, ist das hier!" Damit deutete Hafner auf einen runden Brunnenschacht in einem Winkel des unregelmäßig geformten Raumes.

„Hier unten wird einem ganz schön schwindelig, nicht wahr?" bemerkte Hafner. „Ich schätze mal, dass dieser Raum bewusst so merkwürdig geformt ist. War alles voll hier mit alten Büchern und Ritualzubehör. Aber das haben wir fortgeschafft und vernichtet."

Steffen leuchtete mit seiner Taschenlampe in den Schacht. Eiserne Sprossen führten nach unten, der

Grund war jedoch von hier oben nicht zu sehen. Ein muffig-dumpfer Geruch stieg von dort unten empor.

„Haben Sie eine Ahnung, wohin dieser Morlockbrunnen führt?" fragte Steffen. Erneut musste er an die Schauergeschichten von Lovecraft denken. An Ghoule und andere schreckliche Wesen, die irgendwo in den dunklen Tiefen der Erde auf lebende Beute lauerten, um dampfendes warmes Fleisch zu verzehren.

„Nein, aber ich vermute, dass die alte Gässler dort runtergeklettert ist als wir uns ihren Mann schnappten. Eigentlich wollten wir dieses verdammte Loch zumauern. Aber Sie wissen ja sicher selbst, wie das ist: bei Tageslicht lacht man über seine Ängste und tut sie als Hirngespinste ab. Und nachts kam niemand mehr freiwillig hierher."

„Sie meinen, außer Obdachlosen oder Junkies." ergänzte Steffen.

„Ja, der einzige, der noch ein wachsames Auge auf dieses Haus hat, bin ich. Darum sehe ich hier auch regelmäßig nach dem Rechten und verscheuche diese Drogensüchtigen oder wer sich sonst so hierher verirren mag. Das liegt aber vor allem an diesem verdammten Brunnen hier. Jede Nacht wache ich schweißgebadet auf bei der Vorstellung, dass hier eines Tages etwas Entsetzliches herauskriecht. Dann schnappe ich mir meine Heugabel und die Taschenlampe und sehe nach. Ich möchte nicht wissen, wie viele Stunden ich hier schon gesessen habe, immer wachsam und lauschend, weil ich dachte, ich hätte dort unten jemanden - oder etwas - gehört."

„Hm…" Steffen kniete am Rand des Schachts. Irgendwie machte das hier alles noch immer keinen Sinn. Warum hatte diese fürchterliche Frau Grässle sie aus diesem Haus angerufen? Und wie? „Ich nehme an, das Haus ist nicht ans Strom- oder Telefonnetz angeschlossen, oder?" erkundigte er sich.

„Wo denken Sie hin." antwortete Hafner.

Es war buchstäblich zum Verrücktwerden. Je mehr man über die Sache nachdachte, umso verwirrender wurde sie. Jede neue Information brachte statt Erkenntnisgewinn nur weitere Rätsel zu Tage über die man sich endlos das Hirn zermartern konnte. Aber vielleicht war das ja genau die perfide Taktik von Frau Grässlich?

Je länger er in diesen dunklen Schacht blickte umso durchsichtiger erschien ihm plötzlich alles. Nietzsches berühmter Ausspruch *„Und wenn du lange in einen Abgrund blickst, blickt der Abgrund auch in dich hinein"* kam ihm in den Sinn. Nun, am Abgrund hatten er und Corinna nun wirklich lange genug gestanden. Und anstatt an der Wurzel anzusetzen hatten sie sich gewissermaßen weg vom Zentrum an die Peripherie ihres Problems locken lassen. Denn ihr Problem war nicht ein Lynchmob aus der finsteren Nachkriegszeit!

„Gässler wird zu Grässle", sinnierte Steffen, oder auch… „Verdammt noch mal!" Ein weiterer Name war ihm eingefallen. Er satzte auf. „Hören

Sie, Herr Hafner, ich danke Ihnen vielmals für Ihre Hilfe!"

„Aber ich habe doch gar nicht…" Hafner war verwirrt.

„Doch, Sie haben!"

Er eilte nach draußen, wo bereits der Morgen graute.

Vierter Teil
Nephthys

I

Steffen hatte sich in einem Winkel zwischen der Weinhandlung und der Eisdiele auf die Lauer gelegt, von dem aus er einen guten Blick auf das Juweliergeschäft Waidmann hatte.

Sicherheitshalber trug er noch eine Sonnenbrille und eine Baseballcap, doch er hielt diese Maskerade im Grunde genommen für unnötig. Selbst wenn ihn Frau Grässlich im Gewühl der Passanten tatsächlich bemerken würde gäbe es ja genügend Gründe, weshalb er nicht in der Werkstatt war sondern an diesem erstaunlich warmen Tag in der Innenstadt herumspazierte. Und wenn die Alte Gedanken lesen konnte oder anderweitig über übernatürliche Wahrnehmung verfügte, hätte auch ein Faschingskostüm nicht viel genützt (bis auf den Umstand natürlich, dass es ziemlich fehl am Platze gewirkt hätte).

Er blickte auf die Uhr. Zehn vor halb drei. *Warten auf Godot,* grinste Steffen finster, aber seiner Einschätzung nach würde ihnen die menschliche Buchstabensuppe heute so gegen halb wieder ihren Besuch abstatten und dann würde sich zeigen, ob er mit seinen Vermutungen richtig lag.

Corinna blickte im Laden ebenfalls auf die Uhr. Zehn vor halb, das könnte noch reichen. Sie hatte nämlich seit einiger Zeit einen gewaltigen Druck auf der Blase.

Und selbst wenn es nicht reichte, dann stand die Vettel eben vor verschlossener Tür. Hauptsache Steffen blieb auf Posten!

Mit Steffen würde sie ohnehin noch ein Hühnchen rupfen wenn dieser Spuk hier vorbei war. Sich heimlich nachts davonzuschleichen ohne eine Nachricht zu hinterlassen, das war schon ein starkes Stück!

Ihren Zornesausbruch deswegen hatte er aber kurzerhand beiseitegewischt und ihr stattdessen seine neue Strategie erklärt. Corinna würde den Laden aufmachen wie üblich. Er würde kurz beim Immobilienbüro Hägele vorsprechen und danach in der örtlichen Bibliothek die Behlener Stadtchronik durchsehen. Danach würde er sich im Winkel gegenüber des Geschäfts auf die Lauer legen und Frau Grässlich beschatten.

So sehr Corinna ihren Mann für diese Tatkräftigkeit bewunderte ärgerte sie sich allerdings auch ein wenig. Anscheinend durfte sie nur hier herumsitzen und den Köder spielen. Genausogut hätte doch auch sie die Grässle bespitzeln können. Stattdessen wollte ihr Steffen nicht einmal erzählen, was er im Haus am Bärenried herausgefunden hatte.

Und jetzt musste sie zu allem Überfluss auch noch pinkeln! Auf ihrem Lieblingsklo und mit der freudigen Aussicht, dass Karamanlis entweder wieder ein Präsent für sie dagelassen hatte oder selbst wie eine Kröte dort oben saß um sie zu erschrecken.

Sie fand das mehr als unfair. Seit sie diesen Laden hatten war Steffen bestenfalls viermal dort oben zur Toilette gegangen und hatte auch noch nie eine unheimliche Begegnung nach Karamanlis-Art gehabt. Nach Corinnas Meinung war, wer auch immer diesen Teil des Skripts verfasst hatte, ein ziemlich misogynes Arschlosch.

Sie schloss die Ladentür ab und ging in den Hausflur. „Karamanlis?" rief sie. Keine Antwort.

Geräuschvoll stieg sie die knarzende Treppe in den ersten Stock empor. „Karamanlis, ich komme jetzt nach oben in die Toilette und solltest du dich wieder dort verstecken setzt es was!" Es antwortete niemand, lediglich im Dachgeschoß polterte irgendetwas. *Ist der alte Penner wohl aus dem Bett gefallen. Wenn man zuviel säuft liegt man eben nicht mehr so sicher,* dachte Corinna und grinste böse.

Als Corinna die Spülung betätigen wollte polterte es oben erneut.

„Karamanlis? Ist alles in Ordnung da oben?" rief sie, doch es antwortete noch immer niemand. Stattdessen drang ein merkwürdiger wimmernder Laut an ihre Ohren. Sie beschloss, nach dem Rechten zu sehen. Möglicherweise war der Kerl verletzt und lag jetzt hilflos dort oben herum. Corinna stieg hinauf.

Seit sie den Laden hatten hatte noch keiner von Ihnen jemals das Dachgeschoß betreten. Es bestand im Wesentlichen aus zwei Räumen mit abgeschrägten Wänden, in denen es roch wie in einem Tiergehege. Geradeaus gelangte man vom Flur in das Schlaf- und Wohnzimmer. Vom Flur aus konnte Corinna im Zwielicht inmitten des überall verteilten undefinierbaren Gerümpels, das Karamanlis angesammelt hatte, lediglich eine fleckige Matratze sehen, die Karamanlis offenbar als Schlaflager diente. Zur Linken ging es in die verwinkelte Küche, aus der erneut ein polterndes Geräusch ertönte. Ohne den Schlafraum näher zu inspizieren betrat Corinna die Küche.

Dominiert wurde der Raum von einem uralten, holzbefeuerten Backofen, ein klappriger Esstisch, einige Regale sowie ein rostiger Kühlschrank vervollständigten das Mobiliar. Corinna rümpfte die Nase, dieser Geruch hier! Süßlich und schwer, wie schlecht gelagertes altes Fleisch. Wie konnte man hier oben nur leben? Karamanlis musste schon eine ziemlich verkrachte Existenz sein. Was lief im Leben eines Menschen schief, dass er derartig herunterkam?

Naja, vermutlich nicht einmal allzu viel. Ein paar Besuche hier und da von lustigen alten Damen, die Geschichten von seligen Männern erzählten und schwuppdiwupp war man am Bettelstab. Gott, aber dieser Geruch hier!

Und was war das für ein ekliges Zeugs, das er da auf einem Tablett auf dem Tisch liegen hatte.

„Igitt", war alles, was Corinna dazu einfiel.

Das sah wie ein püriertes kleines Tier aus. Fleischbrocken, an denen noch schwarzes Fell klebte, und das hier war sogar ein zerquetschtes Auge. Corinna kämpfte gegen den in ihr aufsteigenden Brechreiz. Karamanlis musste das bedauernswerte Geschöpf, allem Anschein nach eine Katze, durch den auf dem Tisch stehenden, schmierig-versifften Fleischwolf gedreht haben. Der sich bietende Anblick übertraf das ebenfalls nicht sonderlich ansehnliche explodierte Klo von vor einigen Wochen bei weitem.

Corinna würgte trocken und ihr Magen krampfte sich zu einem kleinen Klumpen zusammen.

Plötzlich rumpelte der Kühlschrank los, gefolgt von einem langgezogenen klagenden Schreien, fast wie das Weinen eines kleinen Kindes.

Mit Knien aus Gummi näherte sich Corinna dem Kühlschrank, nachdem sie ihren Schrecken überwunden hatte. Ihr war so elend zumute wie noch nie in ihrem Leben. Karamanlis, dieses alte Ekel!

Zitternd öffnete sie die quietschende Kühlschranktür und eine lautstark protestierende getigerte Katze sprang heraus, rannte mehrmals im Kreis um sie herum und dann die Treppe hinab.

Aus dem Augenwinkel sah Corinna noch, dass dieses soeben glücklich entkommene Exemplar seiner Gattung nicht das einzige war, das Karamanlis in seinem Kühlschrank aufbewahrt hatte, doch waren diese kleinen, verdrehten Fellknäuel, die sich in den Kühlfächern stapelten, momentan Nebensache, denn im Türrahmen zum Schlafraum stand der Schrecken des Stillen

Örtchens und blickte wenig begeistert. Allem Anschein nach musste er sich im toten Winkel hinter der Tür verborgen haben als Corinna nach oben gestiegen war.

Zwar trug er zur Abwechslung wieder seinen alten graugrünen Schlafanzug, das große Schlachtermesser in seiner Hand wirkte allerdings nicht gerade anheimelnd.

II

Steffen rauchte die xte Zigarette. Sein Mund war bereits ganz pelzig, die Zunge nahezu taub, aber solange er es mit Frau Grässle zu tun hatte war an eine Reduktion seines Nikotinkonsums nicht einmal zu denken.

Vielleicht würde sich ja heute alles entscheiden. Dann hätten sie entweder ihre Ruhe oder es würde ohnehin keine Rolle mehr spielen.

Er ließ die Kippe achtlos zu Boden fallen und trat sie aus. Dann griff er in die linke Brusttasche seines Hemds und holte das Zigarettenpäckchen heraus um sich die nächste zu genehmigen.

Es war nur noch eine drin. *Hm, die verschiebe ich wohl auf nachher,* dachte er und steckte die Schachtel wieder weg.

Es war ein wenig kühler geworden und Steffen ärgerte sich, dass er seine Jacke im Büro über einen Stuhl gehängt hatte. Er blickte zum Himmel. Eine einzelne Wolke verdeckte die Sonne. Wenn sie weitergezogen war würde es wieder angenehmer sein.

Zwei Minuten nach halb drei.

Und wenn die Grässlich heute nicht kommt?

Natürlich würde sie kommen. Die Waidmanns würden sonst ja gute Geschäfte machen, und wo kämen wir denn dann hin?

Tatsächlich, da drüben kam sie angezuckelt mit ihren roten Bürstenhaaren und dem Stöckchen. Bei jedem Schritt wackelte der Kopf wie bei diesen Hunden, die manche Leute hinten im Auto auf der Hutablage platzierten.

Aber was war das? Godot der Wackeldackel rüttelte energisch an der Ladentür der Waidmanns. Warum war die abgeschlossen?

Dies schien sich nicht nur Steffen zu fragen. Mit funkensprühendem Blick schaute sich die Grässle um, dann machte sie merkwürdige Zeichen mit den Fingern ihrer linken Hand. Allem Anschein nach murmelte sie auch etwas, aber Steffen war zu weit weg, um etwas zu hören.

Schließlich humpelte Frau Grässlich schwerfällig von dannen und Steffen folgte ihr mit gehörigem Sicherheitsabstand.

In der Kappelstraße neben der Kirche blickte sich die Grässle kurz um, streckte sich stöhnend und ging dann mit energischen Schritten und völlig aufrecht weiter, den Stock wirbelte sie dabei lässig herum.

Steffen war sprachlos. Das ganze gebrechliche Getue nur simuliert, Lug und Trug!

Schließlich steuerte die Alte, die nun gar nicht

mehr so alt wirkte, das Reformhaus an. Steffen folgte ihr nicht nach drinnen sondern blieb in einiger Distanz stehen und tat so, als würde er ein Schaufenster des Spielwarenladens begutachten.

„…habe ich Ihnen doch schon mindestens fünfmal erklärt!"

Die empörte Stimme riss Steffen aus seinen Gedanken. Herr Körner vom Reformhaus hatte die Ladentür geöffnete und schubste die Grässle unsanft nach draußen.

„Sie können hier nicht einfach meine Kunden belästigen!" schimpfte er empört.

„Aber ich wollte doch nur die Verträglichkeit Ihrer Waren überprüfen." jammerte die Grässle in einem kindlich-naiven Tonfall.

„Das können Sie zuhause machen! Also wirklich! Die Kundenberatung ist meine Sache und wenn Sie hier noch einmal etwas auspendeln erteile ich Ihnen Hausverbot!" erklärte Körner bestimmt.

Eine Frau in einem Batikrock mischte sich ein. „Also ich finde das ganz praktisch wenn man vorher auspendelt, was man kauft. Vielleicht sollten Sie diesen Service immer hier anbieten!"

„Mein Pendel weiß, was gut für die Menschen ist." Wieder dieser fast schon kindische Tonfall, lispelnd und gekünstelt.

„Papperlapapp!" schimpfte Körner.

Steffen kämpfte mit sich, um nicht loszuprusten.

„Außerdem hat diese Person soweit ich mich erinnern kann noch nie etwas hier gekauft." erklärte Körner der Frau im Batikrock.

„Das liegt vermutlich an der Qualität Ihrer

Waren!" erwiderte der Batikrock trotzig.

„Ich meine es doch nur gut", schauspielerte Frau Grässlich. „Mit meinem Pendel kann ich genau feststellen…"

„Sie nehmen jetzt Ihr Pendel und verschwinden damit!" unterbrach sie Körner bestimmt.

„Also wenn Sie diese nette Frau meinen Pflaumensaft nicht auspendeln lassen werde ich hier nicht mehr einkaufen. Ich muss doch wissen, ob er meinem Organismus gut tut!" protestierte Batik, „Wenn Sie wüssten, was diese Verbrecher von der Lebensmittelindustrie…"

„Dieser Pflaumensaft ist hundertprozentig ökologisch, aus nachhaltiger Produktion und obendrein auch noch vegan. Dazu brauchen Sie kein Pendel. Was soll im Pflaumesaft auch sonst drin sein?" Körner hatte einen hochroten Kopf und schien kurz vor einer Herzattacke zu stehen.

„Freie Radikale!" entgegnete der Batikrock triumphierend. „Hier kaufe ich jedenfalls vorerst nichts mehr! Ich lasse mir doch von Ihnen nicht unter dem Bio-Siegel solch überaus gefährliche…"

Die Grässle entfernte sich derweil mit ihrem selbstgerecht-höhnischen Gesichtsausdruck.

„Meine Güte, Karamanlis", Corinnas Nackenhaare sträubten sich. „Was tun Sie denn hier mit diesen armen Katzen?"

Sie musste vorsichtig sein, immerhin war sie hier mit einem nun offenkundig und erwiesenermaßen geisteskranken Menschen völlig allein. Mit einem

Geisteskranken, der obendrein auch noch ein Schlachtermesser in seiner ungepflegten Rechten hielt und ihr den Weg nach unten versperrte.

Das hier war eindeutig ein Fall für den Tierschutz, ach was, ein Fall für die Polizei, doch zunächst musste sie irgendwie in die Sicherheit des Ladens flüchten. Und zwar bevor dieser zahnlose alte Sack auf die Idee kam, statt einer Katze als nächstes sie durch diesen ekelhaft verdreckten Fleischwolf zu drehen!

„Alte Flampe!" sagte Karamanlis verächtlich und kam auf sie zu.

Corinna blickte sich hastig um, auf der Suche nach irgendetwas, womit sie sich diesen Kackspecht vom Leib halten konnte. Ihr Blick fiel auf eine Fleischgabel auf einem der Regale.

„Soll ich wieder nach meinem Mann rufen?" bluffte sie.

„Pah!" Karamanlis spuckte aus und machte einen Schritt auf sie zu.

Sie wich zurück, dann griff Karamanlis an. Das Schlachtermesser fuhr nur wenige Zentimeter vor ihrem Gesicht durch die Luft.

Sie machte eine halbe Drehung, griff nach der Fleischgabel, erreichte sie beinahe, dann fühlte sie, wie Karamanlis sie im Genick packte.

Heilige Scheiße, war der Kerl stark! Das hätte sie diesem alten Kauz gar nicht zugetraut. Unsanft schleuderte er sie gegen den klapprigen Küchentisch und drückte ihr Gesicht in die pürierten Überreste der Katze.

Corinna würgte, der Ekel schnürte ihr den Atem

ab, als sie diesen widerwärtigen fleischig-ranzigen Geruch aus nächster Nähe in die Nase bekam. Sie wartete auf den Schmerz des sich in ihren Rücken bohrenden Schlachtermessers, doch der blieb vorläufig aus.

„Du Flampe!" stieß Karamanlis röchelnd aus. Er presste seinen Unterleib gegen ihre Hinterbacken, so dass sie durch den Schlafanzug seine Erektion spüren konnte.

Unsanft drehte er sie auf den Rücken und hielt ihr das Messer an die Kehle, mit der freien Hand nestelte er an seiner Schlafanzughose. Er atmete schwer, allerdings war diese faulige Bierfahne im Vergleich zu den Ausdünstungen des Stubentigerpürees fast eine Wohltat.

„Ich dir werde feigen, du Fotfe!"

Das war's dann also für sie. Von einem ekelhaften Toilettenschreck auf dem Küchentisch geschändet und danach abgeschlachtet. Oder erst abgeschlachtet und dann geschändet. Oder während der Schändung geschlachtet, *Reich der Sinne* mit vertauschten Rollen - für Asoziale.

Aber nicht mit mir! schoß es Corinna durch den Kopf. *Nicht kampflos!*

Entschlossen griff sie nach dem Messer und bekam es an der Klinge zu fassen. Dabei zerschnitt sie sich die Innenseite ihrer linken Hand, was höllisch brannte, aber wenigstens war ihre Kehle auf diese Weise geschützt. Danach rammte sie Karamanlis das rechte Knie in den Unterleib.

Jaulend taumelte er zurück, riss dabei das Messer

frei, was den Schnitt in ihrer Handfläche noch vertiefte. Sie schrie auf.

Karamanlis kippte in eine Ecke der Küche und hielt sich wimmernd im Schritt. Scheinbar hatte sie einen Volltreffer gelandet.

„Du alte Sau!" flüsterte sie mit zitternden Lippen. Danach schnappte sie sich die Fleischgabel und umklammerte sie mit der unversehrten Rechten.

„Die sollte ich dir jetzt normalerweise in deinen schlaffen Bauch stechen, du mieses Schwein!" brachte sie mit brüchiger Stimme hervor. Ihre linke Hand pulsierte unangenehm und blutete ziemlich stark.

Vorsichtig, mit schwankenden Schritten, die Fleischgabel drohend auf Karamanlis gerichtet, tastete sie sich aus der Küche auf den Flur.

„Weißt du was? Ich rufe jetzt meinen Mann, damit er dir das langziehen kann, was von deinen Eiern noch übrig ist. Und danach vielleicht die Polizei." Damit wandte sie sich um, um nach unten zu gehen. Sie musste schleunigst ihre Hand desinfizieren und verbinden.

Doch sie kam nicht weit. Als sie den oberen Treppenabsatz erreicht hatte stürzte sich Karamanlis mit einem wilden Schrei auf sie und beide stürzten nach unten.

Steffen folgte Frau Grässlich weiter auf ihrem Rundgang durch die Behlener Innenstadt.

Er wurde Zeuge, wie sie kurz einen Blick in den Kinderwagen einer jungen Mutter warf, der sofort von jämmerlichem Gekreische quittiert wurde.

Vor dem Modehaus Feil verfiel sie wieder in ihre schwer auf den Stock gestützte, gebückte Gangart, streckte dort auf die gewohnte Weise kurz den hässlichen Kopf herein und hinterließ ein paar Grüße von Wurstli und dem Mann selig. Danach steuerte sie die Obsthandlung an.

Dort wanderte sie die Auslagen ab und betatschte prüfend einige Äpfel. Anschließend waren die Bananen dran. Orangen, Birnen, Tomaten, alles wurde unter dem hilflosen Blick der Verkäuferinnen betastet, gedrückt, angegrapscht, und Steffen konnte sich lebhaft ausmalen, wie morgen zahlreiche Behlener mit verdorbenem Magen oder Schlimmerem sich darniederlagen.

Schließlich trottete sie mit einem geradezu obszönen Grinsen auf dem Dummgesicht von dannen, natürlich ohne etwas gekauft zu haben.

Danach ging es – inzwischen wieder aufrecht - vorbei an dem kleinen Spielplatz, wo nach einem lustigen Winken von Frau Grässle ein kleiner Junge greinend von einer Federwippe sprang, sich das Knie aufschlug und weinend davonrannte.

Schwer atmend rappelte sich Corinna auf. Ihr Kopf dröhnte von dem Sturz und ihre linke Schulter brannte mörderisch. Karamanlis musste ihr im Fallen einen Hieb mit dem Messer verpasst haben.

Das alte Ekel kam ebenfalls gerade wieder auf die Beine. Das blutige Schlachtermesser lag vor ihm. Er griff danach, doch Corinna war geistesgegenwärtig genug, mit dem Fuß danach zu treten, so dass es über den Flur schlitterte.

„Du Flampe!" brachte er mühsam hervor.

Sie hielt noch immer die Fleischgabel umklammert. Ohne weiter zu überlegen stürzte sie sich auf ihn und rammte ihm dieses Werkzeug in die Brust. Rückwärts krachte er gurgelnd durch die Tür der kleinen Toilette und Corinna landete auf ihm.

„Wer ist jetzt die Schlampe?" brachte sie schwer atmend hervor.

Karamanlis zappelte unter ihr und warf sie ab. Die Fleischgabel noch in seiner Brust steckend richtete er sich halb auf, spuckte einen Klumpen Blut, packte das Ding am Griff und zog daran.

Die Schnitte an Corinnas Hand und Schulter brannten bestialisch, aber sie musste wieder auf die Beine kommen, sonst brachte sie der Kacker noch hier auf dem Scheißhaus des Schreckens zur Strecke.

Sie schüttelte die Benommenheit ab, kam unsicher auf die Knie und ging erneut zum Angriff über. Es gelang ihr, die Fleischgabel zu packen und mit letzter Kraft drückte sie.

Karamanlis packte sie an den Haaren und riss daran, versuchte, sie auf diese Weise loszuwerden.

Corinna schrie auf.

Mit der brennenden Linken griff sie ihm unsanft in den Schritt und zerquetschte ihm die Hoden, so dass er wimmernd zusammenbrach und sich am Toilettensitz mit einem deutlich hörbaren Knirschen das Kinn brach.

Die Spitzen der Fleischgabel ragten aus seinem Rücken, aber Karamanlis versuchte nochmals, sich aufzurappeln.

Corinna kam mühsam vollends auf die Beine, packte ihn und schob seinen Kopf über die Kloschüssel. Danach trat sie zu. Zweimal. Dreimal.

Karamanlis wand sich in spastischen Zuckungen.

Schließlich brach Corinna erschöpft und völlig außer Atem auf ihm zusammen. Noch immer presste sie seinen Kopf in die Schüssel. Dort blubberte es noch ein paar Mal, dann war Stille.

Corinna rutschte von der Leiche des alten Mannes und atmete schwer. Schließlich kicherte sie kraftlos, denn ihr war eingefallen, dass sie vorhin, bevor sie nach oben ging um ihre grausige Entdeckung zu machen, die Spülung nicht betätigt hatte.

Noch halb betäubt fummelte sie ihr Smartphone aus der Hosentasche.

III

Der Spaziergang von Frau Grässlich näherte sich seinem Ende. Zielstrebig steuerte sie einen Hinterhof an, auf dem einige Fahrzeuge geparkt waren.

Steffen hielt nach wie vor einen beträchtlichen Sicherheitsabstand. Er war nicht im Geringsten überrascht, dass die Grässle nun die Hintertür dieses speziellen Hauses ansteuerte.

Sein Handy klingelte. Schnell drückte er sich an

eine Hauswand und ging ran.

„Ja?" fragte er knapp.

„Hey, Stef", Corinna klang außer Atem, „ich glaube, ich habe gerade Karamanlis umgebracht."

„Oh, Shit!" war alles, was ihm dazu einfiel.

Frau Grässlich fummelte derweil einen Hausschlüssel aus ihrer Handtasche.

„Wo bist du jetzt?" fragte er angespannt.

„Ich bin oben auf dem Klo. Fuck! Ich glaube, da kommt jemand?"

„Versuche, dich irgendwo zu verstecken und verhalte dich um Gotteswillen ruhig!" zischte Steffen.

Frau Grässle betrat das Haus und die letzten Teile des Puzzles fielen mit einem lauten *Klack!* an ihren Platz.

Das Gesamtbild, das Steffen rekonstruiert hatte, wies zwar noch beträchtliche Lücken und Fragezeichen auf, und Steffen war klar, dass sich der Fall wohl niemals völlig rational aufklären lassen würde, doch insgesamt, mit etwas Abstand betrachtet, passte auf merkwürdige Weise alles zusammen.

Vermutlich reichte diese ganze Geschichte bis in die Römerzeit zurück. Hier, kilometerweit abseits des Limes, gab es im Grunde genommen keinen vernünftigen Anlass für die Anlage eines so überaus großen Reiterlagers, wie man es nun gegen etwas Eintrittsgeld besichtigen konnte. Es sah so aus, als hätten die Römer hier mehr als nur einige halbwilde Germanen gefürchtet.

Dann, etliche Jahrhunderte nach dem Abzug der Römer war Behlen, das sich früh zum Protestantismus bekannte, vor den Truppen des Schwedenkönigs verschont geblieben. Allerdings nur, um kurz nach dem Dreißigjährigen Krieg nahezu vollständig niederzubrennen.

Als Schuldigen hatte man schnell den offenbar geistig verwirrten Schneider aus der Mittelbachgasse ausfindig gemacht, den man ohne viel Federlesens erhängte, weshalb es nicht mehr möglich war, die Gründe für sein Tun in einem ordentlichen Prozess zu ermitteln.

Etwa vierhundert Jahre später war die angeblich von Brandnarben entstellte Cäcilie Gässler im Haus am Bärenried umgegangen und verängstigte gemeinsam mit ihrem Mann selig und dem Hund Wurstli ihre Mitbürger. Diese Ereignisse gipfelten schließlich in einer Art Opferritual, das allerdings nur teilweise durchgeführt werden konnte weil der Mann selig samt Höllenhund einem Lynchmob zum Opfer fiel und seitdem die Radieschen bzw. den Kirschbaum von unten betrachtete.

Und kurz darauf trat in Behlen eine Madame Legrasse in Erscheinung und vermietete das Haus in der Mittelbachgasse an arglose Geschäftsleute, die dort allesamt früher oder später Pleite gingen, bis der Schuppen schließlich nicht mehr zu vermieten war und rund zwanzig Jahre lang leerstand.

Rätselhaft blieb, was die Grässle-Gässler-Legrasse, sofern es sich tatsächlich um ein und dieselbe Person handelte, vierhundert Jahre lang getrieben hatte, beziehungsweise was sie irgendwann gegen Ende des Zweiten Weltkriegs oder kurz danach plötzlich wieder aufgescheucht hatte.

Klar war hingegen, dass das Haus in der Mittelbachgasse als eine Art Teergrube funktionierte, oder als eine dieser fleischfressenden Pflanzen, die ahnungslose Opfer anlockten, um sie festzuhalten und restlos auszusaugen. Das erklärte möglicherweise nicht nur die angespannte finanzielle Situation, sondern auch, weshalb Steffen und Corinna sich ständig so erschöpft und ausgelaugt fühlten seit Frau Grässlich zum ersten Mal im Laden aufgetaucht war.

Außerdem schien es Steffen durchaus denkbar, dass das unheimliche Ehepaar Gässler zumindest teilweise Erfolg mit seiner Ritualisiererei hatte, denn Madame Legrasse versteckte sich nicht hinter einem Schleier und schien auch nirgendwo sichtbare Anzeichen von Verbrennungen zu haben.

Sofern Steffen seinen Augen trauen durfte war jedoch klar, dass Legrasse und Grässle identisch waren, denn diese ekelhafte Person, diese *gute Dame* hielt mit ihren psychovampiristischen Späßchen die halbe Innenstadt auf Trab und war soeben durch die Hintertür des Hauses in der Mittelbachgasse verschwunden.

Wo Corinna einen stinkenden alten Furz

umgebracht hatte.

Steffen stand unschlüssig vor der Hintertür. Er hätte sie ohne weiteres eintreten können, aber das hätte die Grässle vermutlich aufgeschreckt.

Die Ladenschlüssel hatte natürlich Corinna. Und die Luger hatte er in der Jackentasche im Büro liegen lassen.

So ein Mist! dachte er. Keine Ahnung, ob die Knarre etwas gegen diese Hexe oder was immer Frau Grässlich tatsächlich war, bewirken würde, aber ohne Waffe würde er der guten Dame keinesfalls entgegentreten. Und was war zwischen Corinna und Karamanlis vorgefallen? Hatte er wieder das Klo verziert? Wohl kaum!

Sein Handy vibrierte.

Auf dem Instant-Messenger erschien eine Nachricht:

Bin im Klo versteckt. Jemand ist unten im Keller. Wer ist das? Antworte, hab lautlos.

Das war von Corinna. Fieberhaft tippte er

Ist Grässle. Haus gehört ihr.

Die Antwort kam promt: *WTF?*

Danach: *Was soll ich tun?*

Steffen tippte.

Bin ausgesperrt. In meiner Jackentasche im Büro ist eine Pistole.

Auf dem Display leuchtete *Corinna schreibt…* und Steffen rückte seine Baseballmütze beiseite um sich den Schweiß von der Stirn zu wischen.

Schließlich kam die Nachricht: *Ich versuche etwas. Bleib draußen bis ich dich reinlasse. Oder*

bis ich schreie. Love You!
Himmel, das klang fast wie ein Abschied. Er hielt
die Luft an und machte sich bereit, beim kleinsten
Mucks die Tür einzutreten.

IV

Corinna steckte das Smartphone in die
Hosentasche. Sie zwang sich, ruhig zu atmen und
lauschte.
Die Grässle hatte kurz im Keller herumgewerkelt
und offenbar etwas beiseitegerückt. Nun war
nichts mehr zu hören. Keine Schritte die die
Treppe heraufächzten, nichts.
Sie drückte Karamanlis sicherheitshalber noch
einmal, um sicherzugehen, dass er nicht
unerwartet plötzlich wieder aufsprang, aber der
alte Grieche wurde bereits kalt, ein Puls war nicht
mehr feststellbar.
Sie stand auf, kämpfte ein kurzes
Schwindelgefühl nieder und drückte auf den
Spülknopf. Dann ging sie aus der überlaufenden
Toilette auf den Flur.
Nicht zu schnell, ermahnte sie sich. Aber sie
durfte auch nicht zu zögerlich sein. Am besten
einfach wie immer, heiter und beschwingt die
Treppe hinab und dann in den Laden. Dort die
Pistole gegriffen, wo immer Steffen die auch
herhaben mochte und dann schnell zur Hintertür
und ihn hereinlassen. Gut, dass die Ladentür
abgeschlossen war, so hatte die Grässle keine
Fluchtmöglichkeit. Vorausgesetzt natürlich, dass

es nachher tatsächlich Frau Grässle war, die zu entkommen versuchte und nicht sie selbst.

Ihr Kopf dröhnte, in den Ohren konnte sie ihr Blut pulsieren hören und mitten auf der Treppe gaben für einen bangen Moment ihre Knie nach. Dann hatte sie es endlich geschafft und stand vor der Panzertür. Glücklicherweise hatte sie die nur angelehnt, hier erst aufzuschließen hätte mit ihrer verletzten linken Hand und der zitternden Rechten eine halbe Ewigkeit gedauert. Schließlich stand sie im Laden. *Die erste Hälfte habe ich!* dachte sie und atmete nochmals tief durch.

Sie trat eilig durch den Lamellenvorhang ins Büro. Dort war Steffens Jacke. In der linken Tasche ertastete sie die Pistole. *Meine Güte, das Ding ist ja noch aus dem letzten Krieg,* stellte sie ernüchtert fest.

Schließlich fischte sie aus der rechten Hosentasche den Ladenschlüssel und da sie nur eine Hand gebrauchen konnte steckte sie die Pistole in den Hosenbund ihrer Jeans.

Verdammt, sie blutete noch immer! Ärgerlich betrachtete sie die feine Spur aus roten Tropfen, die sie auf ihrem Weg hinterlassen hatte. *Statt auf Hexenjagd auszuziehen sollte ich wohl besser einen Arzt aufsuchen,* ging es ihr durch den Kopf. Aber wie sollte sie einem Arzt diese Verletzungen erklären?

Ja hallo, ich hab mich beim Rasieren geschnitten, mein blöder Epilierer war nämlich kaputt, da dachte ich, dass das Küchenmesser von

Karamanlis, diesem alten Kacker, doch genau das richtige wäre. Der liegt übrigens gerade Kopf voraus in der Toilette, weil ihm beim Trinken der Deckel auf den Kopf gefallen ist, vielleicht sollten Sie nach ihm auch mal sehen. Und achten Sie dabei nicht weiter auf die Fleischgabel in seiner Brust, ich habe ihm schon zigmal gesagt, dass er mit dem Löffel essen soll. Er hat nämlich nur zwei Zähne und kann deswegen ausschließlich pürierte Katze...

Unsicher wankte sie wieder aus dem Laden und ging so selbstsicher wie möglich zur Hintertür, jeden Moment darauf gefasst, dass Frau Grässlich oder gar der wiederauferstandene Karamanlis sich auf sie stürzten.

Doch nichts geschah.

Mit noch immer zittrigen Fingern steckte sie den Schlüssel ins Schloss, um Steffen hereinzulassen.

Corinna sah entsetzlich aus. Blutbeschmiert, schwitzend, mit zerzaustem Haar und Augenringen.

Doch bevor Steffen etwas sagen konnte legte sie die Finger an die Lippen und deutete in Richtung der angelehnten Kellertür. Dort brannte Licht.

Wortlos reichte sie ihm die Luger. Er steckte die unnütze Sonnenbrille weg, zog kurz das Magazin heraus um zu überprüfen, ob die Waffe geladen war, dann steckte er es wieder an seinen vorgesehenen Platz und entsicherte sie.

Fragend blickte er Corinna an. Sie nickte ihm zu und machte mit der rechten Hand das Zeichen für *alles in Ordnung.*

Showdown, dachte er und erinnerte sich an einen Tagtraum, in dem er mit der Pumpgun einen lästigen Borstenkopf in rote Pampe verwandelt hatte. Nun, so heroisch würde die Realität wohl nicht ablaufen, aber er war entschlossen, beim geringsten Anzeichen von Gegenwehr oder gar Magieanwendung die Luger sprechen zu lassen bis das Magazin leer war.

Vorsichtig, die Pistole im Anschlag, näherte er sich der Kellertür und tippte sie schließlich mit dem Lauf der Waffe an, so dass sie aufschwang.

Doch der Keller war menschenleer.

Natürlich war er wie der Rest des von Karamanlis bewohnten Hausteils hoffnungslos vollgemüllt, in der Mitte des Raumes stand ein Hackklotz, in dem ein Beil steckte und an einer Wand war das zerkleinerte Feuerholz unordentlich aufgestapelt, aber von Frau Grässle fehlte jede Spur.

Misstrauisch ging er ein paar Schritt in den Raum hinein und stolperte beinahe über eine brandneue Kettensäge.

Wo zum Teufel war die alte Hexe hin?

Corinna wagte als erste, das Schweigen zu brechen und flüsterte: „Sie muss hier irgendwas verrückt oder verschoben haben."

„So ein Mist, dann können wir das Überraschungsmoment wohl vergessen. Wenn wir hier erst umräumen müssen hört sie das doch sicher." Steffen biss sich auf die Lippen. „Mit dir alles okay? Was ist mit Karamanlis?"

„Karamanlis hat wohl ausgeschissen", grinste

Corinna etwas gequält, „aber meine Hand tut höllisch weh."

„Zeig' mal her!"

Die Hand sah gar nicht gut aus. Dieser tiefe Schnitt musste genäht werden, aber Corinna weigerte sich, Steffen auch nur von der Seite zu weichen. Um keine Zeit mit Diskussionen zu verschwenden riss er ein Stück von seinem Hemd ab und verband ihre Hand mehr schlecht als recht. Anschließend packte Corinna das kleine Beil und hieb ein paar Mal prüfend durch die Luft. Groß, blond, den schönen Mund energisch zusammengekniffen und mit blitzenden Augen erinnerte sie ihn trotz ihrer Erschöpfung an die weiblichen Heldinnen, die man auf diversen einschlägigen Fantasy-Illustrationen bewundern konnte. Es fehlte lediglich noch ein Kettenbikini oder ähnliche auf martialische Weise erotisch wirkende knappe Bekleidung. Ihm wurde bewusst, wie sehr er diese Frau liebte, eine Frau, die alle Widrigkeiten an seiner Seite durchgestanden hatte und die sich nun bereitmachte, das letzte Stück ihres Weges mit ihm gemeinsam zu beschreiten, komme danach was wolle.

Nach kurzer Suche hatten sie auch die Lösung für das Verschwinden von Frau Grässlich. Der schwere hölzerne Hackklotz ließ sich verschieben.

Spätestens jetzt war beiden auch klar, dass die Grässle keine alte Frau sein konnte, denn dieses klobige Stück Holz zu bewegen wäre deutlich über die Körperkräfte einer einfachen Greisin hinausgegangen.

Zögernd blickten sie hinab in gähnende Schwärze. Steffen kannte diese Art von Schacht bereits aus dem Haus am Bärenried, eine runde Röhre mit eisernen Sprossen, die in die Tiefe führten. Knapp unterhalb der Öffnung war ein hölzerner Hebel angebracht, vermutlich um den Weg von unten zu öffnen. Der Hackklotz ruhte jedenfalls eindeutig auf einem einfach konstruierten Schiebemechanismus.

„Wenn wir Glück haben gibt es hier im Raum auch irgendwo einen Knopf oder Hebel. Das würde dann wenigstens ausschließen, dass die Alte den unglaublichen Hulk gespielt und den Klotz mit bloßen Händen verschoben hat." machte sich Steffen Mut.

„Wir brauchen eine Lampe." stellte Corinna nüchtern fest. Sie blickte sich kurz um, schließlich steuerte sie einen der Müllhaufen an. „Hier, das nenne ich mal Service! Und sogar eine Packung Batterien."

Schließlich kletterten sie in diesem dumpfig riechenden Morlockbrunnen nach unten. Steffen hatte die Luger wie vorhin Corinna im Hosenbund stecken und hielt die kleine Stablampe in der Linken. Es war ein mühsamer Abstieg, Corinna schien aufgrund ihrer verletzten Hand noch größere Probleme zu haben. Das handliche Beil hatte sie in einer alten Sporttasche verstaut, die sie sich über die unversehrte Schulter gehängt hatte.

Zunächst dachten sie, nicht zuletzt aufgrund des immer stärker werdenden Gestanks, sie würden in der behlener Kanalisation landen, doch der Schacht führte deutlich weiter hinab.

Wenn wir noch eine Weile klettern wird es mich nicht wundern, wenn wir dort unten einen freundlichen Herrn mit Hörnern und Hafners Heugabel treffen, der gerade ein Feuerchen unter seinem Kessel entfacht, dachte Steffen, *oder wir kommen bei Lovecrafts Ghoulen in der Höhle von Pnath heraus.*

Doch statt Ghoulen gab es hier unten zumindest vorläufig nur Spinnen zu bestaunen. Allerdings waren die auch eklig genug. Fette Kellerspinnen, die aufgrund des ständigen Lichtmangels zu blinden Albinos mutiert waren. Steffen schüttelte es und Corinna war kurze Zeit nicht in der Lage, sich weiterzubewegen. Allerdings sah sie aber auch nicht ein, vor ein paar widerlichen Insekten zu kapitulieren. Nicht nachdem sie vor kurzem noch den verkackten Kloakenkönig Karamanlis in einer ebensolchen endgültig entsorgt hatte.

Endlich erreichten sie den Grund des Schachtes und Steffen leuchtete in einen grob behauenen gewundenen Gang. Von der Decke tröpfelte braune Feuchtigkeit und an den Wänden gediehen Schimmel und brechreizerregende bleiche Flechten.

Hades, schoss es Corinna durch den Kopf.

„Sind wir tot?" fragte sie Steffen und packte das Beil aus der Sporttasche.

„Ich fürchte, so gut wie." knirschte Steffen. „Wenn wir hier noch mal rauskommen heiraten wir kirchlich!"

„Abgemacht! Aber in dieser abgefahrenen Knochenkirche bei Prag bitteschön. Die ist auch nicht viel morbider als dieser Stollen hier."

Vorsichtig tasteten sie sich vorwärts den schmierigen Gang entlang. Keiner von ihnen verspürte die geringste Lust, hier auszurutschen oder gar diese fiesen Flechtengewächse zu berühren.

Der Stollen wand sich um zahlreiche Biegungen, schließlich wurde es ein wenig heller. So hell sogar, dass Steffen die Taschenlampe ausknipsen konnte.

Mit angehaltenem Atem näherten sie sich schließlich einer Öffnung. Eng an die glücklicherweise wieder etwas trockeneren Wände gepresst konnten sie eine gewaltige natürliche Höhle überblicken, die von zahlreichen Fackeln ausgeleuchtet wurde.

Dominiert wurde der riesige unregelmäßig geformte Raum von einem steinernen Sarkophag auf einem Podest. Daneben schien sich eine Art Labor zu befinden. Auf einem relativ modernen und darum deutlich deplatziert wirkenden Arbeitstisch türmten sich Kolben und Destillen, aus Reagenzgläsern blubberte und dampfte es. Schwere Folianten und Pergamente waren in ein großes Bücherregal gestopft und auch ein Bett fand sich hier.

Am beeindruckendsten war jedoch ein monumentales Relief, das vor Jahrhunderten von geschickten Steinmetzen aus einer der Wände geschlagen wurde.

Es zeigte kreisrund den Ouroboros, dieses gewaltige, sich selbst in den Schwanz beißende geflügelte Schlangenungetüm. Doch bildete der Ouroboros lediglich den kunstvollen Rahmen für die eigentliche Szene. Gruppiert um einen prächtigen Baum, der bis in die Details, bis aufs letzte Blatt und die kleinste Frucht in höchster Perfektion ausmodelliert war, kämpften zwei Menschen gegen eine nackte Frau mit dem Unterleib einer Schlange, die einen Stab oder ein Szepter schwang. Die Menschen waren ein Paar, der Mann angetan mit Schwert und der Rüstung eines römischen Offiziers, die Frau jedoch, ganz im Kontrast zu dem unwahrscheinlichen Alter dieser Wandverzierung in einer modern wirkenden Uniform, ihre Waffe, vermutlich eine Maschinenpistole, bereit zum Schuss an die Schulter geführt.

Die ganze Szene war selbst aus der Distanz deutlich erkennbar und wirkte unglaublich martialisch. Man konnte den uralten, ewigen Hass der abgebildeten Kontrahenten förmlich mit den Händen greifen, es wirkte, als hätten sie den Kampf nur kurz unterbrochen um sich für den Bildhauer in Pose zu werfen und als würden sie jeden Moment wieder aufeinander losgehen.

Vor dem Fresko kniete eine Gestalt in einer schwarzroten Robe.

„So", kicherte die Gestalt deutlich vernehmbar, „seid ihr also endlich meiner Spur aus Brotkrumen bis hierher gefolgt. Lange genug hat es ja gedauert."

Corinna hatte als erste wieder ihre Fassung gewonnen und schritt energisch einige Schritte nach vorn in die Höhle hinein.

„Wer bist du?" dann verbesserte sie sich: „Was bist du?"

Erneut kicherte die kniende Gestalt. „Ich muss zugeben, diese Frage enttäuscht mich ein wenig."

Steffen trat ebenfalls näher, die Luger schussbereit. Ihm waren nicht die zahlreichen weiteren Höhleneingänge entgangen und er hoffte, dass sie hier mit Frau Grässle, oder was immer sich dort vorne gerade aus seiner knienden Position erhob, alleine waren.

Die Stimme klang jedenfalls nicht nach dem viel zu schrillen Gezeter einer alten Frau, sie war jugendlich, kräftig und bis auf den spöttischen Unterton sogar angenehm, beinahe verführerisch.

Die Frau wandte ihnen noch immer unbekümmert den Rücken zu und Steffen spielte mit dem Gedanken, es einfach hinter sich zu bringen, abzudrücken, Peng! Das war's! Doch ihn verlangte nach Antworten.

„Warum wir? Was willst du von uns?" fragte er knapp.

Erneut kicherte die Frau in der Robe.

„Oh, nicht viel. Eure Zeit. Eure Kraft." Wieder kicherte sie. „Euer Leben."

„Na das ist ja eine ganze Menge", spuckte Corinna giftig aus, „und ich schätze, dass du das in Zukunft nicht mehr so einfach bekommen wirst."

Ruckartig drehte sich die Frau um. Sie war wunderhübsch. In ihrem ebenmäßigen Gesicht funkelten große grüne Augen, die vollen Lippen waren blutrot. In den Händen hielt sie einen prächtig geschnitzten Stab, den sie verspielt einmal rotieren ließ.

Corinna schluckte, sie sah aus wie die Schlangenfrau auf dem Fresko. Wobei sie allerdings statt eines geschuppten Unterleibs zwei Beine hatte.

„Was wollt ihr schon ausrichten?" lachte die Frau. „Deine Waffe da", damit deutete sie auf Steffen. „Die Männer, die mich vor Jahren aus meinem Gefängnis befreiten trugen dieselben. Und was hat es ihnen genützt?"

Sie breitete gebieterisch die Arme aus. „Siehe! Ich bin die, die viele Namen trägt! Der ungebetene Gast in jedem Hause! Ruin, Krankheit und Tod! Geboren aus eurer Schwäche und genährt mit eurer Angst! Mein Wille geschehe!"

Zu Corinna gewandt fuhr sie mit männlicher Stimme fort: „Du solltest dich scheiden lassen, mein Kind!"

Stöhnend ließ Corinna das Beil sinken.

Das war es also! Das Zentrum all ihrer schlimmsten Befürchtungen. Diese tief in ihrem Kopf verwurzelte, nagende Existenzangst, die Furcht davor, sich mit dem Geschäft zu übernehmen und in Armut und Not dem Alter entgegenzugehen.

„Es entspricht nicht meiner Gewohnheit, dort hinzugehen wo ich nicht eingeladen wurde." Versöhnlich ging die Frau in der Robe einen Schritt auf Corinna zu. „Vergesst darum nie, dass letztlich ihr selbst es wart, die sich meine Stadt, mein Haus erwählten um darin zu scheitern."

Steffen klappte die Kinnlade herab. Es stimmte. Sie waren freiwillig wie die Lämmer angekrochen gekommen um sich von dieser Ausgeburt der Hölle auf einer Schlachtbank des Psychoterrors zur Ader zu lassen. Kopfschüttelnd und niedergeschlagen fasste er sich an die Stirn.

Corinna stand kurz vor dem Zusammenbruch. Überwältigt von Kummer, Übelkeit und den plötzlich wieder aufwallenden Schmerzen in Hand und Schulter, die sie bisher erfolgreich verdrängt hatte, ging sie in die Knie. Wie Hänsel und Gretel waren sie nichtsahnend ins Pfefferkuchenhaus getappt, ins Pfefferkuchenhaus von Bankrott und eidesstattlicher Versicherung.

„Und ihr müsst doch zugeben, dass wir eine Menge Spaß miteinander hatten, oder nicht?" säuselte die Frau kichernd. „Doch jetzt seid ihr nutzlos für mich. Um euch aber nicht gänzlich unwissend in den Schlund des ewigen Ouroboros zu werfen sei euch noch ein kleiner Blick auf das große Werk vergönnt, an dem ihr euren Anteil hattet." Mit der schrillen Stimme von Frau Grässle fügte sie hinzu: „Merkt ihr was? Das bin ich!"

Mit einer lässigen Handbewegung griff sie in die Luft und riss, als handle es sich um die Seiten eines Buches, ein Loch in das vertraute Gefüge von Zeit und Raum.
Und Steffen und Corinna sahen.
Sie sahen die madengleiche, blinde, wimmelnde Brut aus den tiefsten Abgründen des Erdinnern, über die die vielnamige Herrin des Todes gebot. Eine Brut, gemästet und bis zum Bersten sattgefressen an den Ängsten der Menschen. Eine Brut, die sich dereinst aus dunklen Stollen und glitschigen Tunneln über die hilflos im Tageslicht der Rationalität dahindösende Welt ergießen würde um alles Leben zu verschlingen.
Und im Zentrum dieses Wahnsinns pulsierte jener gallertartige formlose Tumor, dieses Blasen aufwerfende, beständig nach Gestalt strebende, uralte und trotz aller Verwesung niemals sterbende Protoplasma, das all die zappelnden, zuckenden, sich windenden Gräuel ausschied - Ouroboros, der Anfang und das Ende, *alpha et omega therion.*

Corinna übergab sich geräuschvoll. Steffen sank nun auch auf die Knie. Mit trübem Blick bemerkte er die geduckte Monstrosität, die aus einem der zahlreichen Stolleneingänge neben die Frau in der schwarzroten Robe getrottet war. „Du musst Wurstli sein, mein Hübscher." bemerkte er bitter.

„Zeit zu sterben." verkündete die Herrin des Todes mit einem zynischen Lächeln.

V

War das das Ende?

Hier unten in dieser muffigen Höhle, angenagt, aufgefressen und verdaut von einer garstig-glitschigen Abscheulichkeit?

All die Angst, die Gerichtsverhandlungen, der Behördenzirkus, das Ringen und der Kampf um den Erhalt des Juweliergeschäfts, die ganzen Jahre in Behlen für nichts und wieder nichts?

Die Mittelbachgasse mit dem in einer Toilettenschüssel erkaltenden Karamanlis, ihr schöner Laden, der kostbare Schmuck, all das war auf einmal so weit weg.

Wie einfach würde es sein, das alles endgültig hinter sich zu lassen. Tot zu sein. Nichts mehr zu sein. Nichts mehr sein zu *müssen*. Aufzugehen in der sinn- und bewusstlosen Urmaterie, als Energiequelle eines vor sich hinblubbernden Antigottes.

Corinna wischte sich entschlossen einen Schleimfaden vom Mund.

Nein!

Dies war der einzige, alles beherrschende,

glasklare Gedanke, den sie fassen konnte.
NEIN!
Sie schüttelte diese letzte grässliche Illusion, die als finale Vernichtung ihrer Widerstandskräfte geplant war, von sich ab, als das augenlose, lemurenhafte Wesen, das die Grässle zur Verstärkung gerufen hatte Steffen ansprang.

Der Ghoul oder was immer da gerade auf ihn losging fletschte die unregelmäßigen, rasiermesserscharfen Zähne.
Im letzten Moment riss Steffen jedoch die Luger hoch und drückte ab.
Die Patrone explodierte mit dem Geräusch eines gequälten Darmwinds und verklemmte im Lauf.
Na toll, großdeutsche Präzisionsarbeit, dachte er, dann rief er: „Corinna, lauf weg!", prallte mit dem glitschigen blinden Albinowesen zusammen und wurde umgerissen.
Das Wesen, vermutlich ein degenerierter Nachkomme jenes alten Germanenstamms, den vor langer Zeit die Römer in die dunklen Abgründe der Schwäbischen Alb vertrieben hatten, drückte schwer auf Steffens Brustkorb. Aus dem reißzahnbewehrten Maul tropfte Geifer in Steffens Gesicht. Mit aller Kraft packte er dieses Wesen an Kinn und Gurgel und drückte den deformierten Kopf nach oben, damit ihm diese Bestie nicht die Kehle zerfleischte.
Wurstli hatte jedoch Beute gewittert und war nicht gewillt, von Steffen abzulassen. Er riss sich aus Steffens Griff frei und Schlug die Zähne in

seine rechte Schulter.

Steffen schrie auf. Er fühlte, wie diese schiefen Zähne auf seinem Knochen herumschabten und hoffte, nicht vor Schmerz bewusstlos zu werden. Dann war es nämlich um ihn geschehen. Und um Corinna.

Panisch tastete er mit den Händen auf dem Boden herum, um irgendetwas zu fassen zu bekommen, mit dem er der bleichen Abscheulichkeit zusetzen konnte. Das Metallding da, das musste die Luger sein.

Seine Hand umschloss die Pistole als wäre sie ein Faustkeil, dann schlug er damit mehrfach gegen die fliehende Stirn des augenlosen Ungetüms.

Während ihr Mann mit Gollum beschäftigt war und die auf wundersame Weise verjüngte Frau Grässle bösartig lachte, wuchs in Corinna ein heiliger Zorn heran.

Es war genug!

Tu was du willst! flüsterte eine Stimme in ihr.

Und genau das würde sie machen! Es war höchste Zeit, dass *ihr* Wille geschah!

Frau Grässle war zu überzeugt von der Wirksamkeit ihrer okkulten Tricksereien, um auf Corinnas Angriff gefasst zu sein. Sie stürmte vorwärts, schwang das Beil und landete einen Treffer mitten in dieses hübsche Gesicht. Allerdings nicht mit der Schneide, sondern nur mit dem Blatt des Beils.

Mit gebrochener Nase und ruiniertem Gebiss

kippte die Grässle wie ein Mehlsack zur Seite.
Corinna beschloss, ihr später den Rest zu geben.
Zunächst brauchte Steffen ihre Hilfe.

Dieser bearbeitete wie wild den Kopf des Ghouls mit dem Griff der Luger. Schließlich ließ das Biest von ihm ab, wich zurück und knurrte böse.
Eine Welle eisiger Schmerzen pulsierte durch Steffens Schulter, doch er zwang sich, sich aufzurappeln.
Bevor er auf die Beine kam schnellte der Ghoul jedoch vorwärts und verbiss sich in seiner linken Wade. Es brannte wie kaltes Feuer.
Mit dem unverletzten Bein trat er ziellos nach dem Wesen, das ein ordentliches Stück Muskelfleisch aus seinem Unterschenkel herausriss.
(Du verwichster Wadenbeißer hast ziemliches Glück, dass mir diese Neonazi-Ärsche einen solchen Schrott von einer Knarre angedreht haben. Wir wünschen einen guten Appetit! Besuchen Sie uns gerne wieder zum gemeinsamen Dinner mit Wurstli dem Ghoul. Oh verdammt, tut das weh! Muss wachbleiben! Corinna…)
Er fühlte, wie ihm die Sinne schwanden.
Verschwommen konnte er sehen, wie der Ghoul seinen malträtierten Dummkopf schüttelte und sich erneut zum Angriff sammelte.
Dann fuhr ein Beil durch die Luft.

Corinna hackte einfach drauflos. Das Beil

durchschnitt Fleisch und Sehnen, spaltete Knochen. Der Ghoul quiekte noch ein paar Mal, dann brach er wie ein blutiger, zuckender Haufen zusammen.

Erschöpft und außer Atem ließ sie das besudelte Beil fallen. Die Wunde an ihrer linken Hand war wieder aufgebrochen und blutete sehr stark, der provisorische Verband aus dem Streifen von Steffens Hemd war völlig durchgeweicht.

„Stef, bist du in Ordnung?" keuchte sie.

„Naja", auch Steffen rang nach Atem, „im Vergleich zu dem da geht's mir blendend."

Frau Grässle hatte sich inzwischen halb aufgerichtet und ihre Schneidezähne ausgespuckt. Statt einer jugendlich-verführerischen Todesgöttin war sie nun wieder ein gebrechlich wirkendes altes Weib mit rotem Borstenkopf und einem unglaublich dümmlich wirkenden Gesichtsausdruck.

Mühsam krabbelte sie auf ihren Stab zu, der einige Schritt von ihr entfernt auf dem Höhlenboden lag.

Als sie ihn fast erreicht hatte, trat Corinna darauf.

„Ja Grüß Gott Frau Grässle!" plapperte sie gehässig drauflos. „So ein schöner Stock aber auch. Haben Sie den von Ihrem Mann selig als er noch nicht selig war? Heute abend gibt es bei uns übrigens Schmorbraten, vielleicht mit etwas Sauerkraut."

Während sie redete hob Corinna den Stab auf und zerbrach ihn unter einem protestierenden

Aufschrei von Frau Grässle über dem Knie.

Danach schwang Corinna zum letzten Mal an diesem Tag das Beil.

„Stef?"

„Ja?"

„Du hast nicht zufällig ein paar Kippen dabei?"

Während die Fackeln langsam herunterbrannten teilten sie sich Steffens verbliebene Zigarette.

VI

Der Kopf von Frau Grässlich hatte unentwegt vor sich hingeplappert, eine endlose Litanei sinnloser Wortbausteine. Von seligen Männern, Tierärzten namens Buchklotzer, Kochrezepten und Wurstli dem Wunderhund war die Rede, doch nun verstummte sie mit einem entsetzten Blick.

„Habe ich vorhin nicht erwähnt, dass es Schmorbraten gibt?" fragte Corinna süffisant.

Der Weg zurück in die Welt der Lebenden war eine Tortur gewesen. Steffen konnte mit dem kaputten Bein nur mühsam und unter heldischer Verdrängung seiner Schmerzen gehen.

Und auch Corinna war fix und alle. Ihre Arme waren taub und sie konnte Holzhackerbuam definitiv nichts Lustiges mehr abgewinnen.

Zu guter Letzt waren sie aber doch noch wie Orpheus und Eurydike aus dem Morlockbrunnen geklettert. Mit dem plappernden Kopf der *Guten*

Dame in der Sporttasche.

Da Frau Grässle sich nämlich schlichtweg weigerte, endlich den Löffel abzugeben oder wenigstens den Rand zu halten („Wie macht die das eigentlich jetzt ohne Stimmbänder?" hatte sich Corinna verwundert), hatten sie den Kopf kurzerhand eingetütet und mitgenommen.

Allem Anschein nach musste diese Angelegenheit nämlich zu einem stilgerechten Abschluss gebracht werden.

Corinna stellte den Kopf auf den Küchentisch von Karamanlis, direkt neben das Katzenpüree. Und zwar so, dass Frau Grässle den alten Ofen sehen konnte, in dem Steffen gerade ein lustig prasselndes Feuerchen schürte.

„Was habt ihr vor?" fragte die Grässle.

„Och, ich denke, Sie kennen dieses alte Märchen doch auch, oder?" grinste Steffen.

„Ich würde sagen, wir verbrennen ein wenig schlechtes Karma." Corinna tätschelte ihr freundlich auf den Borstenkopf.

„Aber… was? Bitte… Ihr könnt doch nicht…" stammelte der Kopf.

„Na und ob wir das können!" lachte Corinna und warf den abgeschlagenen Kopf in den Ofen.

„Merken sie was?" fragte Steffen.

Dann stellten beide fest: „Das sind wir!"

Epilog

Viel ist nicht mehr zu berichten.

Die Leiche von Karamanlis wurde mit der neuwertigen Kettensäge fein säuberlich zerteilt und verschwand mit dem Rest von Frau Grässles Körper in einem alten Sarkophag irgendwo unter Behlen.

Niemand stellte Fragen zum Verbleib der beiden.

Lediglich die Ärzte im Krankenhaus waren angesichts der nicht gerade alltäglichen Verletzungen der Waidmanns äußerst misstrauisch, mussten aber letztlich zähneknirschend eine reichlich verworrene Geschichte von tollwütigen Hunden und einem ungeschickten Sturz die Treppe hinab – dummerweise mit einem Küchenmesser in der Hand - schlucken.

Corinnas Schnittwunden verheilten mit der Zeit, Steffens Bein war jedoch hinüber. Nach Ansicht der Ärzte würde er den Rest seines Lebens hinken.

Das Geschäft erholte sich. Die Stadt Behlen erteilte eine Ausnahmegenehmigung wegen der Korbmarkise und für die eingebaute Panzertür interessierte sich auch niemand mehr.

Steffen mauerte den Stolleneingang zu und nach einiger Zeit wurde der Krempel von Karamanlis abtransportiert und ein junger Student bezog die Räumlichkeiten.

Corinna machte dem Burschen unmissverständlich klar, was ihn erwartete, sollte er die Toilette nicht in tadellosem Zustand hinterlassen oder gar wagen, die Tür nicht zu verriegeln wenn er eine Sitzung hielt.

Etwa ein Jahr später ließen sich Steffen und Corinna, die ihre Familie inzwischen um eine herrenlose getigerte Katze erweitert hatten, in Kutna Hora bei Prag kirchlich trauen. Sie entrichteten weiterhin brav ihre Miete, die vom Immobilienbüro Hägele auf ein Treuhandkonto einbezahlt wurde, da man Madame Legrasse nicht mehr auffinden konnte.

Die Waidmanns spielten in dieser Angelegenheit selbstverständlich die Ahnungslosen. Sie redeten auch nicht mehr viel über die rätselhaften Vorkommnisse um Frau Grässle, die ihnen nach und nach wie dunkle Erinnerungen aus einem früheren Leben erschienen.

Und sie erzählten auch niemandem, was sie mit dem ebenfalls nicht mehr auffindbaren Steuerberater Schmidt angestellt hatten.

Draußen am Bärenried hingegen trug ein kleiner verwachsener Kirschbaum zum ersten Mal seit über 50 Jahren wieder Früchte.

Anmerkung:

Dieses Buch hat sich mit allen zur Verfügung stehenden Kräften dagegen gewehrt, geschrieben zu werden. Würde ich aufzählen, was mir allein im Jahr 2015 an kleinen, aber feinen Widerwärtigkeiten begegnet ist käme am Ende vermutlich ein weiteres Buch dabei heraus. Darum sei nur kurz erwähnt, dass die Erstfassung dieses Romans kümmerlich in einem defekten Computer verendete – obwohl kein Defekt, Virus oder etwas Vergleichbares feststellbar war und die Kiste seit einer Neuinstallation wieder tadellos ihre Dienste verrichtet.

Dies mag vielleicht damit zu tun haben, dass der Roman an sich zwar ein Werk der Fiktion, die *Gute Dame* jedoch ebenso real ist wie diese seltsame, rational nicht erklärbare Dreitagesfrist ohne Kundschaft. Ich bin ihr begegnet und Sie können mir glauben, dass das kein Spaß war.

Danke an Petra Kaps und Rin Isui.